शून्य से शून्य तक

THE JOURNEY FROM ZERO TO INFINITY

मनीष शर्मा

Made with ♥ on the Notion Press Platform
www.notionpress.com

यह पुस्तक उन सभी साधकों को समर्पित है जो सत्य की खोज में अपने अहंकार, मान्यताओं और सीमाओं को त्यागकर स्वयं के वास्तविक स्वरूप को जानने का साहस रखते हैं। उन सभी जिज्ञासुओं को, जो बाहरी संसार की अनंत यात्राओं के बाद अंततः अपने भीतर स्थित उस शून्य की ओर लौटना चाहते हैं, जहाँ से सब प्रारम्भ होता है और जहाँ सब विलीन हो जाता है।

क्रम-सूची

प्रस्तावना

जब कुछ भी नहीं था, तब भी कुछ था।
और जब सब कुछ समाप्त हो जाएगा, तब भी कुछ रहेगा।
उसी "कुछ" को हम शून्य कहते हैं।
यह पुस्तक ज्ञान देने के लिए नहीं है,
बल्कि आपको उस अवस्था तक ले जाने के लिए है
जहाँ ज्ञान की भी आवश्यकता नहीं रह जाती।
आप जो पढ़ने जा रहे हैं, वह शब्द नहीं हैं—
यह एक यात्रा है।
शून्य से शून्य तक की यात्रा।
इस यात्रा में आप पाएंगे कि
जिसे आप खोज रहे थे,
वह आप पहले से ही हैं।
न कोई गुरु, न कोई शिष्य,
न कोई मार्ग, न कोई मंजिल—
फिर भी सब कुछ मौजूद है।
अगर आप तैयार हैं
अपने आप को खोने के लिए,
तो स्वागत है...
शून्य में।

भूमिका

मनुष्य ने हजारों वर्षों से ब्रह्माण्ड के रहस्यों को जानने का प्रयास किया है। उसने तारों का अध्ययन किया, ग्रहों को समझा, परमाणुओं को विभाजित किया और चेतना के रहस्यों को खोजने का प्रयास किया। परंतु जितना अधिक उसने खोजा, उतना ही यह स्पष्ट होता गया कि अस्तित्व का अंतिम सत्य शब्दों, तर्कों और अवधारणाओं से परे है।

भारतीय आध्यात्मिक परम्परा सदियों से यह घोषणा करती आई है कि सम्पूर्ण सृष्टि शून्य से उत्पन्न होती है और अंततः शून्य में ही विलीन हो जाती है। यह शून्य रिक्तता नहीं, बल्कि अनंत संभावनाओं, अनंत चेतना और अनंत अस्तित्व का स्रोत है।

"शून्य से शून्य तक" उसी शाश्वत सत्य की खोज है।

इस पुस्तक में विज्ञान, आध्यात्म, ध्यान, चेतना, आत्मबोध, अहंकार, समय, मृत्यु और अस्तित्व जैसे विषयों को एक समग्र दृष्टिकोण से समझने का प्रयास किया गया है। यहाँ प्रस्तुत विचार केवल बौद्धिक चर्चा नहीं हैं, बल्कि साधना, अनुभव और आत्म-अवलोकन की यात्रा का परिणाम हैं।

यह पुस्तक आपको किसी निष्कर्ष तक पहुँचाने का प्रयास नहीं करेगी। इसके विपरीत, यह आपको आपके सभी निष्कर्षों, मान्यताओं और धारणाओं पर पुनर्विचार करने के लिए प्रेरित करेगी।

यदि इस पुस्तक को पढ़ने के बाद आपके भीतर एक भी गहरा प्रश्न जन्म लेता है, यदि आप स्वयं को नए दृष्टिकोण से देखने लगते हैं, या यदि आप कुछ क्षणों के लिए भी अपने भीतर के मौन को अनुभव कर पाते हैं, तो इस पुस्तक का उद्देश्य पूर्ण हो जाएगा।

पावती (स्वीकृति)

आभार

मैं उन सभी ज्ञात और अज्ञात शक्तियों, गुरुओं, साधकों, शिष्यों, मित्रों और परिवारजनों के प्रति हृदय से कृतज्ञ हूँ जिन्होंने प्रत्यक्ष या अप्रत्यक्ष रूप से मेरी आध्यात्मिक यात्रा में योगदान दिया।

विशेष रूप से मैं उन सभी साधकों का आभारी हूँ जिन्होंने अपने अनुभवों, प्रश्नों और जिज्ञासाओं के माध्यम से मुझे चेतना के गहन आयामों को समझने का अवसर प्रदान किया।

मैं Second Sight Foundation के सभी सदस्यों और शिष्यों का भी धन्यवाद करता हूँ, जिनके प्रेम, विश्वास और समर्पण ने इस ज्ञान को शब्दों का रूप देने की प्रेरणा दी।

इस पुस्तक को कैसे पढ़ें

इस पुस्तक को जल्दी-जल्दी पढ़ने का प्रयास न करें।

प्रत्येक अध्याय के बाद कुछ समय मौन में अवश्य बैठें।

जहाँ आवश्यक लगे, अपने अनुभवों और विचारों को लिखें।

किसी भी विचार को तुरंत स्वीकार या अस्वीकार न करें; पहले उसका अनुभव करने का प्रयास करें।

इस पुस्तक को केवल जानकारी प्राप्त करने के लिए नहीं, बल्कि आत्म-अन्वेषण के साधन के रूप में पढ़ें।

याद रखें — सत्य को पढ़ा नहीं जा सकता, केवल अनुभव किया जा सकता है।

लेखक की ओर से

प्रिय पाठक,

"शून्य से शून्य तक" केवल एक पुस्तक नहीं है, बल्कि चेतना की उस यात्रा का निमंत्रण है, जिसे प्रत्येक मनुष्य को कभी न कभी स्वयं तय करना होता है।

मनुष्य जन्म लेता है, जीवन जीता है, अनुभव प्राप्त करता है, ज्ञान अर्जित करता है, पहचान बनाता है, और अंततः एक दिन सब कुछ छोड़कर चला जाता है। परंतु क्या वास्तव में यही जीवन है? क्या हम केवल शरीर, विचार, भावनाएँ और स्मृतियाँ हैं? या फिर हमारे अस्तित्व के पीछे कोई और गहरा सत्य छिपा हुआ है?

इन्हीं प्रश्नों ने मुझे वर्षों तक खोज, अध्ययन, साधना और अनुभव की यात्रा पर चलने के लिए प्रेरित किया। इस यात्रा में मैंने अनुभव किया कि सम्पूर्ण अस्तित्व का सार शून्य में ही निहित है। हम शून्य से प्रकट होते हैं, कुछ समय के लिए स्वयं को एक अलग इकाई मानते हैं, और अंततः पुनः उसी शून्य में विलीन हो जाते हैं।

यह पुस्तक किसी धर्म, सम्प्रदाय या विचारधारा का समर्थन या विरोध नहीं करती। इसका उद्देश्य केवल इतना है कि पाठक स्वयं के भीतर झाँक सके और अपने अनुभव के आधार पर सत्य को जानने का प्रयास करे।

मैं आपसे केवल इतना अनुरोध करता हूँ कि इस पुस्तक को केवल बुद्धि से न पढ़ें, बल्कि प्रत्येक अध्याय को पढ़ने के बाद कुछ समय मौन में अवश्य बैठें। संभव है कि जिन उत्तरों को आप शब्दों में खोज रहे हों, वे आपको मौन में प्राप्त हों।

आपकी यह यात्रा मंगलमय हो।

– गुरूजी मनीष शर्मा

संस्थापक, Second Sight Foundation

1

शून्य की समझ

यह भाग शून्य की मूल परिभाषा और उसकी गहराई को समझाता है। शून्य केवल खालीपन नहीं, बल्कि सभी संभावनाओं का स्रोत है। इसमें बताया गया है कि सृष्टि शून्य से प्रकट होती है और उसी में विलीन होती है। विज्ञान और अध्यात्म दोनों अंततः शून्य की ओर संकेत करते हैं। मौन को शून्य तक पहुँचने का सबसे सरल द्‌वार बताया गया है।

खंड1

शून्य क्या है?

शून्य का अर्थ केवल खालीपन नहीं है। सामान्यतः जब हम "शून्य" शब्द सुनते हैं, तो हमारे मन में एक ऐसी अवस्था की कल्पना बनती है जहाँ कुछ भी नहीं है—न कोई वस्तु, न कोई विचार, न कोई अस्तित्व। लेकिन वास्तविकता इससे कहीं अधिक गहरी है। शून्य वह अवस्था है जहाँ कुछ भी दिखाई नहीं देता, फिर भी उसी में सब कुछ होने की अनंत संभावना छिपी होती है। यह केवल अभाव नहीं है, बल्कि समस्त संभावनाओं का मूल स्रोत है।

शून्य न तो केवल शुरुआत है और न ही केवल अंत। यह वह आधार है जहाँ से सृष्टि प्रकट होती है और अंततः उंसी में विलीन हो जाती है। जैसे किसी बीज के भीतर एक विशाल वृक्ष छिपा होता है, वैसे ही शून्य के भीतर पूरी सृष्टि की संभावना निहित होती है। जो कुछ भी हम इस जगत में अनुभव करते हैं—यह शरीर, यह प्रकृति, यह विचारों की धारा—सब उसी अदृश्य शून्य की अभिव्यक्ति हैं।

जब हम किसी वस्तु को देखते हैं, तो हम केवल उसके रूप को देखते हैं, उसके बाहरी अस्तित्व को पहचानते हैं। लेकिन उस रूप के पीछे जो मौन, जो अदृश्य आधार कार्य कर रहा है, वह हमारी दृष्टि से छिपा रहता है। वही अदृश्य आधार शून्य है। यह हर जगह उपस्थित है, हर क्षण सक्रिय है, फिर भी इसे सीधे देख पाना संभव नहीं होता, क्योंकि हमारी दृष्टि हमेशा "कुछ" पर केंद्रित रहती है।

शून्य को समझने में सबसे बड़ी बाधा हमारा मन है। मन हमेशा किसी न किसी वस्तु, विचार या पहचान को पकड़ना चाहता है। उसकी आदत है कि वह हर चीज़ को परिभाषित करे, उसे नाम दे, उसे समझे। लेकिन शून्य को न तो परिभाषित किया जा सकता है और न ही उसे किसी रूप में बाँधा जा सकता है। जैसे ही हम उसे पकड़ने की कोशिश करते हैं, वह "कुछ" बन जाता है, और उसी क्षण वह शून्य नहीं रहता।

इसे समझने के लिए आकाश का उदाहरण लिया जा सकता है। आकाश स्वयं दिखाई नहीं देता, लेकिन उसके बिना कुछ भी दिखाई नहीं दे सकता। बादल आते हैं, बदलते हैं और चले जाते हैं, लेकिन आकाश अपरिवर्तित रहता है। ठीक उसी प्रकार हमारे भीतर विचार आते हैं, भावनाएँ उठती हैं और समाप्त हो जाती हैं, लेकिन जो इन सबका साक्षी है, जो कभी बदलता नहीं, वही शून्य है। वह न उत्पन्न होता है, न समाप्त होता है—वह केवल है।

मनुष्य अक्सर शून्य से डरता है, क्योंकि उसे लगता है कि यह "कुछ नहीं" है, और "कुछ नहीं" में उसका अस्तित्व समाप्त हो जाएगा। लेकिन यह भय एक भ्रम है। शून्य में जाना अपने अस्तित्व को खोना नहीं है, बल्कि अपने वास्तविक स्वरूप को पहचानना है। जब व्यक्ति शून्य में उतरता है, तो वह यह देखता है कि उसकी जो पहचान थी—नाम, रूप, विचार—वह सब अस्थायी था। असली सत्य उससे कहीं परे है।

शून्य में कोई पहचान नहीं होती, और इसी कारण उसमें कोई बंधन भी नहीं होता। जहाँ कोई नाम नहीं, कोई रूप नहीं, वहाँ कोई सीमा भी नहीं। यही शून्य की सबसे बड़ी स्वतंत्रता है। यह पूर्ण शांति की अवस्था है, जहाँ कुछ पाने या खोने का कोई प्रश्न ही नहीं रह जाता।

शून्य को प्राप्त करने का अर्थ कुछ नया हासिल करना नहीं है। यह एक त्याग की प्रक्रिया है, जहाँ हम धीरे-धीरे अपनी झूठी पहचान, अपने विचारों और अपनी धारणाओं को छोड़ते जाते हैं। जैसे-जैसे यह परतें हटती हैं, वैसे-वैसे जो शेष बचता है, वही शून्य है। यह कोई दूर की मंजिल नहीं है, बल्कि यह वर्तमान क्षण में ही उपस्थित है। समस्या यह नहीं है कि शून्य कहीं दूर है, बल्कि यह है कि हम उसे देखने के लिए रुकते नहीं।

यदि कोई वास्तव में शून्य का अनुभव करना चाहता है, तो उसे कुछ क्षणों के लिए ठहरना होगा। अपने भीतर चल रहे विचारों को रोकने की कोशिश नहीं, बल्कि उन्हें बस देखना होगा। जब व्यक्ति बिना हस्तक्षेप के केवल देखता है, तो धीरे-धीरे विचार शांत होने लगते हैं। उस मौन में, उस स्थिरता में, एक नई अनुभूति जन्म लेती है—एक ऐसा अनुभव जहाँ कुछ भी नहीं है, फिर भी एक गहरी शांति और विस्तार मौजूद है।

वही शून्य है।
और वही तुम्हारा वास्तविक स्वरूप है।

खंड 2

शून्य से सृष्टि कैसे उत्पन्न हुई

यह प्रश्न मानव चेतना के सबसे गहरे प्रश्नों में से एक है—जब कुछ भी नहीं था, तब यह सब कैसे हुआ? यह सृष्टि कहाँ से आई? यदि प्रारंभ में केवल शून्य था, तो इस विविधता, इस जटिलता और इस अनंत विस्तार का जन्म कैसे संभव हुआ?

मन इस प्रश्न का उत्तर कारण और परिणाम के आधार पर खोजता है। वह हर चीज़ के पीछे एक "कारण" चाहता है—कुछ ऐसा जिससे सब कुछ शुरू हुआ हो। लेकिन शून्य के संदर्भ में यह दृष्टिकोण सीमित हो जाता है, क्योंकि शून्य स्वयं किसी कारण का परिणाम नहीं है। वह न उत्पन्न हुआ है और न ही किसी प्रक्रिया का हिस्सा है। वह स्वयं में पूर्ण है, स्वयं में स्वतंत्र है।

शून्य से सृष्टि का उत्पन्न होना किसी घटना की तरह नहीं समझा जा सकता, जैसे कि कुछ "नहीं" था और अचानक "कुछ" बन गया। यह कोई समय में घटित होने वाली प्रक्रिया नहीं है। बल्कि यह एक निरंतर unfolding है—एक ऐसा प्रकट होना जो हर क्षण घट रहा है। शून्य स्थिर नहीं है; उसमें एक सूक्ष्म स्पंदन, एक मौन ऊर्जा विद्यमान है, जो स्वयं को अभिव्यक्त करती रहती है।

इसे ऐसे समझा जा सकता है जैसे एक शांत झील, जिसकी सतह बिल्कुल स्थिर है। अचानक उसमें हल्की सी तरंग उत्पन्न होती है। वह तरंग झील से अलग नहीं है; वह उसी का एक रूप है। उसी प्रकार सृष्टि शून्य से अलग नहीं है। यह शून्य का ही विस्तार है, उसकी अभिव्यक्ति है। जो कुछ भी अस्तित्व में है, वह शून्य का ही प्रकट रूप है।

विज्ञान भी इस दिशा में संकेत करता है। जब वैज्ञानिक ब्रह्मांड की उत्पत्ति की बात करते हैं, तो वे एक ऐसे बिंदु की ओर इशारा करते हैं जहाँ सब कुछ अत्यंत सघन और सूक्ष्म अवस्था में था—जहाँ समय, स्थान और पदार्थ की सामान्य धारणाएँ भी लागू नहीं होतीं। उस अवस्था को समझना लगभग असंभव है, क्योंकि

वह हमारी सामान्य बुद्धि की सीमाओं से परे है। अध्यात्म उसी बिंदु को "शून्य" कहता है—एक ऐसा आधार जहाँ से सब कुछ प्रकट होता है, लेकिन जो स्वयं अप्रकट रहता है।

सृष्टि का उत्पन्न होना वास्तव में "उत्पन्न होना" नहीं है, बल्कि "दिखाई देना" है। जैसे सपने में एक पूरी दुनिया बन जाती है—पात्र, घटनाएँ, भावनाएँ—लेकिन जागने पर पता चलता है कि वह सब मन के भीतर ही था, उसी तरह यह सृष्टि भी शून्य के भीतर ही प्रकट होती है। यह उससे अलग नहीं है, केवल उसका एक रूप है।

यहाँ एक और गहरी बात समझने योग्य है। शून्य से सृष्टि का उत्पन्न होना कोई एक बार की घटना नहीं है, जो अतीत में घट चुकी हो। यह हर क्षण हो रहा है। अभी, इसी क्षण, यह पूरा अस्तित्व शून्य से प्रकट हो रहा है और उसी में विलीन भी हो रहा है। यह एक निरंतर चक्र नहीं, बल्कि एक साथ घटित होने वाली प्रक्रिया है—प्रकट और अप्रकट का एक साथ अस्तित्व।

मन इसे समझने की कोशिश करता है, लेकिन वह हमेशा समय और स्थान के संदर्भ में सोचता है—पहले क्या था, फिर क्या हुआ। जबकि शून्य के स्तर पर "पहले" और "बाद में" का कोई अर्थ नहीं है। वहाँ केवल वर्तमान है—एक ऐसा वर्तमान जो अनंत है, जो कभी समाप्त नहीं होता।

सृष्टि को यदि ध्यान से देखा जाए, तो यह एक खेल की तरह प्रतीत होती है—एक लीला। शून्य स्वयं को जानने के लिए, स्वयं को अनुभव करने के लिए, अनगिनत रूपों में प्रकट होता है। हर जीव, हर वस्तु, हर अनुभव उसी एक शून्य की अभिव्यक्ति है। यह विविधता केवल बाहरी है; भीतर से सब एक ही स्रोत से जुड़ा हुआ है।

जब व्यक्ति इस सत्य को समझता है, तो उसके भीतर एक गहरा परिवर्तन आता है। वह देखता है कि वह स्वयं भी उसी सृष्टि का हिस्सा नहीं, बल्कि उसी शून्य की अभिव्यक्ति है। उसका अस्तित्व अलग नहीं है; वह उसी मूल से जुड़ा हुआ है, जहाँ से सब कुछ आया है।

इस समझ के साथ जीवन को देखने का दृष्टिकोण बदल जाता है। तब सृष्टि केवल एक बाहरी वास्तविकता नहीं रह जाती, बल्कि एक जीवंत अनुभव बन जाती है, जिसमें हर क्षण कुछ नया प्रकट हो रहा है। और उस प्रकट होने के पीछे जो मौन, जो स्थिरता है, वही शून्य है।

अंततः, सृष्टि और शून्य दो अलग-अलग चीज़ें नहीं हैं। वे एक ही सत्य के दो पहलू हैं—एक प्रकट, दूसरा अप्रकट। जो दिखाई देता है, वह सृष्टि है; जो दिखाई नहीं देता, वही शून्य है। लेकिन दोनों अलग नहीं हैं। जैसे लहर और समुद्र अलग नहीं होते, वैसे ही सृष्टि और शून्य भी एक ही हैं।

जब यह अनुभव गहराई से उतरता है, तो प्रश्न समाप्त हो जाता है। तब यह जानने की आवश्यकता नहीं रह जाती कि सृष्टि कैसे उत्पन्न हुई, क्योंकि तब स्पष्ट हो जाता है कि जो कुछ भी है, वह हमेशा से था—केवल रूप बदलता रहा है।

और उस परिवर्तन के पीछे जो अपरिवर्तनीय है, वही शून्य है।

खंड 3

विज्ञान और अध्यात्म में शून्य

मनुष्य ने सदियों से इस सृष्टि को समझने का प्रयास किया है। एक ओर विज्ञान है, जो प्रयोग, निरीक्षण और तर्क के माध्यम से सत्य को जानना चाहता है; दूसरी ओर अध्यात्म है, जो अनुभव, ध्यान और अंतर्दृष्टि के माध्यम से उसी सत्य तक पहुँचने की कोशिश करता है। देखने में ये दोनों मार्ग अलग प्रतीत होते हैं, लेकिन जब हम गहराई में उतरते हैं, तो दोनों एक ही दिशा की ओर संकेत करते दिखाई देते हैं—शून्य की ओर।

विज्ञान की यात्रा पदार्थ से शुरू होती है। वह वस्तुओं को तोड़ता है, उनके छोटे-छोटे घटकों को समझता है। पहले परमाणु को अंतिम माना गया, फिर पता चला कि परमाणु भी विभाजित हो सकता है—उसके भीतर इलेक्ट्रॉन, प्रोटॉन और न्यूट्रॉन हैं। आगे बढ़ते हुए विज्ञान ने यह जाना कि ये कण भी स्थायी नहीं हैं, बल्कि ऊर्जा के रूप हैं, जो निरंतर परिवर्तनशील हैं। जितना गहराई में विज्ञान जाता है, उतना ही ठोस पदार्थ गायब होता जाता है और उसकी जगह एक अदृश्य, अनिश्चित, और लगभग "खाली" जैसी अवस्था सामने आती है।

यहाँ विज्ञान एक अजीब मोड़ पर पहुँच जाता है। जिस दुनिया को हम ठोस और वास्तविक मानते हैं, वह वास्तव में अधिकतर खाली स्थान से बनी हुई है। परमाणुओं के बीच विशाल दूरी होती है, और उनके भीतर भी अधिकांश भाग "खाली" होता है। यह खालीपन वास्तव में शून्य जैसा ही प्रतीत होता है—एक ऐसा आधार जो दिखाई नहीं देता, लेकिन जिसके बिना कुछ भी अस्तित्व में नहीं हो सकता।

अध्यात्म भी इसी सत्य की ओर इशारा करता है, लेकिन उसका तरीका अलग है। वह बाहर की दुनिया को नहीं, बल्कि भीतर की दुनिया को देखता है। ध्यान के माध्यम से जब व्यक्ति अपने विचारों, भावनाओं और पहचान से परे जाता है, तो वह एक ऐसी अवस्था का अनुभव करता है जहाँ कोई विचार नहीं होता, कोई हलचल नहीं होती—सिर्फ एक गहरा मौन और खालीपन होता है। यही अनुभव

शून्य का है।

विज्ञान और अध्यात्म के बीच का अंतर केवल दृष्टिकोण का है। विज्ञान बाहर से भीतर की ओर जाता है, जबकि अध्यात्म भीतर से बाहर की ओर। लेकिन दोनों की यात्रा का अंत एक ही स्थान पर होता है—जहाँ सब कुछ समाप्त हो जाता है और केवल शून्य रह जाता है।

विज्ञान इस शून्य को पूरी तरह समझ नहीं पाता, क्योंकि उसकी सीमाएँ उपकरणों और गणनाओं तक बंधी हुई हैं। वह केवल वही माप सकता है जो प्रकट है। लेकिन शून्य अप्रकट है, इसलिए उसे सीधे मापा नहीं जा सकता। फिर भी, विज्ञान बार-बार इस दिशा में संकेत करता है कि अंतिम सत्य कोई ठोस वस्तु नहीं, बल्कि एक अदृश्य ऊर्जा या खालीपन है।

अध्यात्म इस सीमा को पार कर जाता है, क्योंकि वह अनुभव पर आधारित है। वह कहता है कि शून्य को समझने के लिए किसी उपकरण की आवश्यकता नहीं है—सिर्फ जागरूकता की आवश्यकता है। जब व्यक्ति पूरी तरह सजग होकर अपने भीतर देखता है, तो वह उस अवस्था को अनुभव कर सकता है, जिसे शब्दों में व्यक्त करना संभव नहीं है।

यहाँ एक महत्वपूर्ण बात समझने योग्य है। विज्ञान और अध्यात्म एक-दूसरे के विरोधी नहीं हैं, बल्कि पूरक हैं। विज्ञान हमें यह दिखाता है कि बाहरी दुनिया वास्तव में वैसी नहीं है जैसी वह दिखाई देती है। और अध्यात्म हमें यह अनुभव कराता है कि हमारा आंतरिक संसार भी उतना ही अस्थायी और परिवर्तनशील है। दोनों मिलकर हमें यह समझाते हैं कि जो कुछ भी हम "वास्तविक" मानते हैं, वह केवल एक प्रकट रूप है—एक सतही परत।

जब यह समझ गहराई में उतरती है, तो व्यक्ति का दृष्टिकोण बदल जाता है। वह बाहरी वस्तुओं में स्थायित्व खोजने की कोशिश छोड़ देता है और भीतर की स्थिरता को पहचानने लगता है। उसे यह एहसास होता है कि वास्तविक सत्य न तो बाहर है और न ही किसी वस्तु में—वह तो उसी शून्य में है, जो हर जगह उपस्थित है।

विज्ञान के लिए यह एक खोज है, एक रहस्य है जिसे सुलझाना बाकी है। लेकिन अध्यात्म के लिए यह एक अनुभव है, एक सत्य है जिसे अभी और यहीं जाना जा सकता है। यही वह बिंदु है जहाँ दोनों मिलते हैं—जहाँ ज्ञान और अनुभव एक हो जाते हैं।

अंततः, चाहे हम विज्ञान के माध्यम से चलें या अध्यात्म के माध्यम से, यात्रा हमें उसी स्थान पर ले जाती है जहाँ सभी प्रश्न समाप्त हो जाते हैं। वह स्थान कोई वस्तु नहीं है, कोई सिद्धांत नहीं है—वह एक अवस्था है, एक मौन है, एक शून्य है।

और जब यह स्पष्ट हो जाता है, तो विज्ञान और अध्यात्म के बीच का अंतर भी मिट जाता है। तब केवल एक ही सत्य रह जाता है—शून्य, जो सबका आधार है और जिसमें सब कुछ अंततः विलीन हो जाता है।

खंड 4

शून्य और मौन का संबंध

शून्य को समझने का सबसे सरल और सीधा द्वार यदि कोई है, तो वह है—मौन। शब्द हमें दिशा दे सकते हैं, संकेत कर सकते हैं, लेकिन वे हमें सत्य तक नहीं ले जा सकते। सत्य हमेशा शब्दों के पार होता है, और जहाँ शब्द समाप्त होते हैं, वहीं से मौन की शुरुआत होती है। वही मौन, शून्य का सबसे निकटतम अनुभव है।

जब हम "मौन" कहते हैं, तो सामान्यतः हम केवल बाहरी शांति को समझते हैं—जहाँ कोई आवाज़ नहीं हो, कोई शोर न हो। लेकिन यह मौन का केवल एक बाहरी रूप है। वास्तविक मौन वह है, जहाँ भीतर कोई हलचल न हो—न विचारों का शोर, न भावनाओं का उतार-चढ़ाव, न ही किसी प्रकार की मानसिक गतिविधि। यह भीतर की पूर्ण स्थिरता है, जहाँ केवल जागरूकता शेष रह जाती है।

शून्य और मौन का संबंध बहुत गहरा है, क्योंकि दोनों ही उस अवस्था की ओर संकेत करते हैं जहाँ "कुछ" नहीं है। लेकिन यह "कुछ नहीं" नकारात्मक नहीं है। यह कोई अभाव नहीं, बल्कि एक पूर्णता है। मौन में ही शून्य का अनुभव संभव होता है, क्योंकि मौन ही वह स्थान है जहाँ मन की सीमाएँ समाप्त हो जाती हैं।

मन हमेशा शोर में जीता है। वह लगातार विचारों का निर्माण करता रहता है—भूत की स्मृतियाँ, भविष्य की कल्पनाएँ, इच्छाएँ, भय, प्रतिक्रियाएँ। यह सब मिलकर एक निरंतर शोर उत्पन्न करते हैं, जिससे व्यक्ति कभी भी अपने वास्तविक स्वरूप को नहीं देख पाता। जब तक यह शोर बना रहता है, तब तक शून्य का अनुभव असंभव है।

लेकिन जैसे ही यह शोर धीरे-धीरे शांत होने लगता है, एक नई स्थिति प्रकट होती है। यह कोई खालीपन नहीं है, बल्कि एक जीवंत मौन है—जिसमें गहराई है, स्थिरता है, और एक अजीब सी शांति है। इस मौन में व्यक्ति स्वयं को अलग तरीके से अनुभव करता है। वह अब अपने विचारों या भावनाओं से जुड़ा हुआ नहीं रहता, बल्कि उनका साक्षी बन जाता है।

मौन का अनुभव करते समय व्यक्ति यह देखता है कि विचार आते हैं और चले जाते हैं, लेकिन वह स्वयं स्थिर बना रहता है। यही स्थिरता शून्य का पहला स्पर्श है। यह वह बिंदु है जहाँ व्यक्ति समझने लगता है कि वह विचार नहीं है, वह मन नहीं है—वह उससे परे कुछ है।

शून्य को शब्दों में समझने की कोशिश करना उसी तरह है जैसे मौन को शोर के माध्यम से व्यक्त करना। यह संभव नहीं है। इसलिए सभी महान आध्यात्मिक परंपराओं में मौन को अत्यधिक महत्व दिया गया है। मौन केवल एक अभ्यास नहीं है, बल्कि एक अवस्था है, जिसमें सत्य स्वयं प्रकट होता है।

जब व्यक्ति मौन में गहराई तक उतरता है, तो वह देखता है कि वहाँ कोई "मैं" भी नहीं है। वहाँ केवल एक शुद्ध उपस्थिति है—बिना किसी पहचान के, बिना किसी सीमाओं के। यही शून्य है। यह न तो अनुभव करने वाला है और न ही अनुभव किया जाने वाला—यह दोनों से परे है।

मौन और शून्य के इस संबंध को समझने के लिए किसी विशेष ज्ञान की आवश्यकता नहीं है। यह हर व्यक्ति के लिए उपलब्ध है, क्योंकि मौन कोई बाहर से आने वाली चीज़ नहीं है। यह पहले से ही हमारे भीतर मौजूद है, बस हम उसे सुन नहीं पाते क्योंकि हमारा ध्यान हमेशा शोर की ओर रहता है।

यदि कोई वास्तव में शून्य को जानना चाहता है, तो उसे मौन में उतरना होगा। यह कोई कठिन प्रक्रिया नहीं है, लेकिन इसके लिए एक सरल सी बात आवश्यक है—रुकना। कुछ क्षणों के लिए सब कुछ छोड़ देना, कुछ भी न करना, केवल उपस्थित रहना। धीरे-धीरे, जैसे-जैसे मन शांत होता है, मौन प्रकट होने लगता है।

और उस मौन में, बिना किसी प्रयास के, शून्य का अनुभव होने लगता है।

अंततः, शून्य और मौन दो अलग-अलग चीज़ें नहीं हैं। मौन शून्य का द्वार है, और शून्य मौन का गहरा स्वरूप। जब व्यक्ति मौन को पूरी तरह जान लेता है, तो वह शून्य को भी जान लेता है। और जब शून्य का अनुभव हो जाता है, तो फिर कुछ भी जानने के लिए शेष नहीं रहता।

क्योंकि वहाँ केवल मौन है...
और उसी मौन में सब कुछ समाया हुआ है।

2

अद्वैत की समझ

मनुष्य का पूरा जीवन एक ही गलतफहमी पर आधारित है—द्वैत की गलतफहमी।
उसे लगता है कि वह दुनिया से अलग है, वह "मैं" है और बाकी सब "दूसरा" है।
यही विभाजन उसके भीतर संघर्ष, भय और दुख को जन्म देता है।
अद्वैत का अर्थ है—जहाँ दो नहीं हैं।
जहाँ केवल एक ही सत्य है, जो हर रूप में प्रकट हो रहा है।
यह भाग तुम्हें उसी एकत्व की ओर ले जाएगा,
जहाँ देखने वाला और देखा जाने वाला,
दोनों एक ही हो जाते हैं।

खंड 5

द्वैत का भ्रम

मनुष्य जिस दुनिया को देखता है, वह उसे हमेशा दो भागों में विभाजित करके देखता है—अच्छा और बुरा, सही और गलत, मैं और तुम, सुख और दुख। यह विभाजन इतना गहरा हो चुका है कि उसे यही वास्तविकता प्रतीत होती है। लेकिन यदि ध्यान से देखा जाए, तो यह विभाजन वास्तव में एक मानसिक निर्माण है, न कि कोई अंतिम सत्य।

द्वैत का अर्थ है—दो का होना। जहाँ "मैं" और "दूसरा" अलग-अलग माने जाते हैं। यही भावना व्यक्ति के भीतर एक अलगाव पैदा करती है। उसे लगता है कि वह इस विशाल अस्तित्व में अकेला है, बाकी सब उससे अलग हैं। इसी अलगाव से भय उत्पन्न होता है, असुरक्षा जन्म लेती है, और जीवन एक संघर्ष बन जाता है।

जब एक बच्चा जन्म लेता है, तब उसके भीतर यह द्वैत नहीं होता। वह स्वयं को दुनिया से अलग नहीं मानता। धीरे-धीरे, जैसे-जैसे वह सीखता है, उसे सिखाया जाता है—यह तुम हो, और यह दुनिया है। यही पहचान धीरे-धीरे इतनी मजबूत हो जाती है कि वह अपनी असली प्रकृति को भूल जाता है।

मन द्वैत को बनाए रखने का काम करता है। वह हर अनुभव को किसी न किसी श्रेणी में डालता है—यह अच्छा है, यह बुरा है; यह सही है, यह गलत है। लेकिन यह सब केवल दृष्टिकोण पर निर्भर है। जो एक व्यक्ति के लिए सही है, वही दूसरे के लिए गलत हो सकता है। इससे स्पष्ट होता है कि यह विभाजन स्थायी नहीं है, बल्कि मन की व्याख्या है।

द्वैत का सबसे गहरा रूप "मैं" और "दुनिया" का विभाजन है। व्यक्ति सोचता है कि वह एक अलग इकाई है, जो इस दुनिया में जी रही है। लेकिन यदि वह गहराई से देखे, तो उसे समझ में आएगा कि उसका शरीर, उसके विचार, उसकी भावनाएँ—सब इसी सृष्टि का हिस्सा हैं। वह इससे अलग नहीं है, बल्कि उसी का एक रूप है।

जब व्यक्ति इस द्वैत को सच मान लेता है, तो उसका जीवन संघर्ष बन जाता है। वह हमेशा कुछ पाने की कोशिश करता है, कुछ से बचने की कोशिश करता है। वह सुख को पकड़ना चाहता है और दुख से दूर भागना चाहता है। लेकिन यह प्रयास ही उसे और अधिक उलझा देता है, क्योंकि वह एक ऐसे खेल में फँस जाता है, जिसका कोई अंत नहीं है।

अद्वैत यह कहता है कि यह विभाजन वास्तविक नहीं है। यह केवल एक भ्रम है, जो मन ने बना लिया है। वास्तव में, जो कुछ भी है, वह एक ही है। अलग-अलग रूपों में दिखाई देने के बावजूद, उसका मूल एक ही है।

इसे समझने के लिए समुद्र और लहर का उदाहरण लिया जा सकता है। लहर को लगता है कि वह अलग है, उसकी अपनी एक पहचान है। लेकिन वास्तव में वह समुद्र से अलग नहीं है। उसका अस्तित्व समुद्र पर ही निर्भर है। यदि समुद्र न हो, तो लहर भी नहीं हो सकती। उसी प्रकार, व्यक्ति का अस्तित्व भी उसी एक सत्य पर आधारित है, जिसे वह अलग-अलग रूपों में देखता है।

जब यह समझ गहराई में उतरती है, तो व्यक्ति का दृष्टिकोण बदल जाता है। वह अब दुनिया को अलग-अलग हिस्सों में नहीं देखता, बल्कि एक ही रूप में देखने लगता है। तब उसके भीतर का संघर्ष समाप्त होने लगता है, क्योंकि अब कोई "दूसरा" नहीं बचता, जिससे वह लड़े।

द्वैत का भ्रम टूटने का अर्थ यह नहीं है कि दुनिया बदल जाती है। दुनिया वैसी ही रहती है, लेकिन उसे देखने का तरीका बदल जाता है। अब व्यक्ति हर चीज़ में उसी एक सत्य को देखने लगता है। यह कोई बौद्धिक समझ नहीं है, बल्कि एक जीवंत अनुभव है।

जब यह अनुभव स्थिर हो जाता है, तो जीवन सहज हो जाता है। अब कोई पकड़ नहीं रहती, कोई विरोध नहीं रहता। जो है, उसे वैसा ही स्वीकार किया जाता है। और इसी स्वीकार में एक गहरी शांति जन्म लेती है।

अंततः, द्वैत केवल एक सपना है—एक ऐसा सपना जिसे मन ने रचा है। और जब व्यक्ति इस सपने से जागता है, तो उसे यह एहसास होता है कि वह कभी भी

अलग था ही नहीं।

वह हमेशा से उसी एक का हिस्सा था—
और वही एक, सब कुछ है।

खंड 6

क्या है अद्वैत

जब द्वैत का भ्रम थोड़ा-थोड़ा टूटने लगता है, तब एक नया द्वार खुलता है—अद्वैत का। अद्वैत कोई दर्शन मात्र नहीं है, न ही यह केवल एक विचारधारा है जिसे समझ लिया जाए। यह एक अनुभव है, एक ऐसी स्थिति है जहाँ विभाजन पूरी तरह समाप्त हो जाता है और केवल एकत्व शेष रह जाता है।

अद्वैत का सरल अर्थ है—दो नहीं हैं। लेकिन यह "एक" भी वैसा एक नहीं है जैसा मन समझता है। मन के लिए "एक" भी एक संख्या है, एक अवधारणा है। अद्वैत उस एक से भी परे है। यह वह अवस्था है जहाँ गिनती का कोई अर्थ नहीं रह जाता, क्योंकि वहाँ विभाजन ही नहीं है।

मन हमेशा चीज़ों को अलग-अलग करके समझता है। वह तुलना करता है, भेद करता है, और इसी प्रक्रिया के माध्यम से दुनिया को जानता है। लेकिन अद्वैत को इस तरह नहीं जाना जा सकता, क्योंकि अद्वैत में कोई भेद नहीं है। वहाँ देखने वाला और देखा जाने वाला, अनुभव करने वाला और अनुभव—सब एक ही हो जाते हैं।

जब तुम किसी वस्तु को देखते हो, तो सामान्यतः तुम्हें लगता है कि "तुम" देखने वाले हो और "वह" वस्तु अलग है। यही द्वैत है। लेकिन यदि ध्यान से देखा जाए, तो यह विभाजन उतना स्पष्ट नहीं है जितना प्रतीत होता है। देखने की प्रक्रिया में तुम और वस्तु के बीच जो संबंध बनता है, वही वास्तविक अनुभव है। उस क्षण में देखने वाला और देखा जाने वाला अलग नहीं रहते—वे एक ही प्रक्रिया के दो पहलू बन जाते हैं।

अद्वैत का अनुभव तब होता है, जब यह विभाजन पूरी तरह समाप्त हो जाता है। तब कोई "मैं" नहीं रहता जो देख रहा हो, और कोई "दूसरा" नहीं रहता जिसे देखा जा रहा हो। वहाँ केवल देखना होता है—शुद्ध, बिना किसी केंद्र के।

यह सुनने में थोड़ा अजीब लग सकता है, क्योंकि मन हमेशा एक केंद्र चाहता है—एक "मैं" जो सब कुछ अनुभव कर रहा हो। लेकिन यही "मैं" अद्वैत के अनुभव में सबसे बड़ी बाधा है। जब तक यह "मैं" बना रहता है, तब तक विभाजन बना रहता है।

अद्वैत में "मैं" का लोप हो जाता है, लेकिन इसका अर्थ यह नहीं है कि अस्तित्व समाप्त हो जाता है। बल्कि इसके विपरीत, अस्तित्व पहली बार पूरी तरह प्रकट होता है। अब वह किसी सीमित पहचान में बंधा नहीं रहता, बल्कि अनंत रूप में अनुभव होता है।

इसे शब्दों में समझाना कठिन है, क्योंकि जैसे ही हम इसे शब्दों में बाँधने की कोशिश करते हैं, यह एक अवधारणा बन जाती है। और अद्वैत कोई अवधारणा नहीं है। यह एक जीवंत अनुभव है, जिसे केवल महसूस किया जा सकता है।

अद्वैत को जानने के लिए किसी विशेष ज्ञान की आवश्यकता नहीं है। इसके लिए केवल एक चीज़ आवश्यक है—जागरूकता। जब तुम पूरी तरह जागरूक होकर अपने अनुभव को देखते हो, बिना किसी निर्णय के, बिना किसी व्याख्या के, तब धीरे-धीरे विभाजन कम होने लगता है।

पहले तुम देखते हो कि तुम अपने विचार नहीं हो। फिर तुम यह समझते हो कि तुम अपने शरीर भी नहीं हो। और अंततः यह भी स्पष्ट हो जाता है कि तुम एक अलग "व्यक्ति" भी नहीं हो। तब जो बचता है, वही शुद्ध चेतना है—वही अद्वैत है।

इस अवस्था में जीवन पूरी तरह बदल जाता है। अब कोई संघर्ष नहीं रहता, क्योंकि अब कोई "दूसरा" नहीं है जिससे संघर्ष किया जाए। अब कोई भय नहीं रहता, क्योंकि अब खोने के लिए कुछ भी नहीं है। और सबसे महत्वपूर्ण—अब कोई खोज नहीं रहती, क्योंकि जो खोजा जा रहा था, वह हमेशा से मौजूद था।

अद्वैत का अनुभव कोई अंत नहीं है, बल्कि एक नई शुरुआत है—एक ऐसा जीवन जहाँ हर क्षण पूर्ण है, जहाँ कुछ भी अधूरा नहीं है। अब जीवन को सुधारने की आवश्यकता नहीं होती, क्योंकि सब कुछ जैसा है, वैसा ही पूर्ण है।

अंततः, अद्वैत को समझना नहीं, बल्कि उसमें जीना ही वास्तविक परिवर्तन है। जब यह समझ जीवन का हिस्सा बन जाती है, तब हर क्रिया, हर अनुभव, हर संबंध—सब उसी एकत्व की अभिव्यक्ति बन जाते हैं।

और तब यह स्पष्ट हो जाता है कि
कभी भी दो थे ही नहीं...
हमेशा से केवल एक ही था।

खंड 7

"मैं" कौन हूँ – असली पहचान

मनुष्य के जीवन का सबसे महत्वपूर्ण प्रश्न है—"मैं कौन हूँ?"

लेकिन आश्चर्य की बात यह है कि यही वह प्रश्न है, जिससे व्यक्ति सबसे अधिक बचता है। वह दुनिया के बारे में सब कुछ जानना चाहता है—धन, संबंध, सफलता, विज्ञान, अध्यात्म—लेकिन जो सबसे निकट है, जो स्वयं उसका अस्तित्व है, उसे जानने की कोशिश बहुत कम लोग करते हैं।

सामान्यतः जब कोई व्यक्ति "मैं" कहता है, तो वह अपने शरीर की ओर संकेत करता है। उसे लगता है कि यही उसका अस्तित्व है—यह चेहरा, यह नाम, यह रूप। लेकिन यदि थोड़ी गहराई से देखा जाए, तो यह स्पष्ट हो जाता है कि शरीर लगातार बदल रहा है। बचपन से अब तक शरीर पूरी तरह बदल चुका है, फिर भी "मैं" का अनुभव वैसा ही बना हुआ है। यदि शरीर बदलता रहता है, तो "मैं" केवल शरीर नहीं हो सकता।

फिर व्यक्ति अपने मन की ओर देखता है—विचार, भावनाएँ, स्मृतियाँ। उसे लगता है कि यही उसका असली स्वरूप है। लेकिन यहाँ भी वही बात सामने आती है। विचार हर क्षण बदलते रहते हैं, भावनाएँ आती-जाती रहती हैं, और स्मृतियाँ भी समय के साथ धुंधली हो जाती हैं। यदि यह सब बदल रहा है, तो "मैं" इनसे भी परे होना चाहिए, क्योंकि "मैं" तो वह है जो इन सब परिवर्तनों को देख रहा है।

यहाँ से एक नई दिशा खुलती है। यदि "मैं" न शरीर हूँ, न विचार हूँ, न भावनाएँ हूँ—तो फिर मैं कौन हूँ? यह प्रश्न बौद्धिक उत्तर से हल नहीं होता। यह कोई ऐसा सवाल नहीं है जिसका जवाब किताबों में मिल जाए। यह एक अनुभव का विषय है, जिसे केवल स्वयं के भीतर उतरकर ही जाना जा सकता है।

जब व्यक्ति ध्यानपूर्वक अपने भीतर देखता है, तो उसे एक अजीब सी बात का अनुभव होता है—वह अपने विचारों को देख सकता है। इसका अर्थ है कि वह विचार

नहीं है, बल्कि उनका साक्षी है। वह अपनी भावनाओं को भी देख सकता है—इसका अर्थ है कि वह भावनाएँ भी नहीं है। धीरे-धीरे यह स्पष्ट होने लगता है कि “मैं” वह नहीं हूँ जो बदलता है, बल्कि वह हूँ जो हर परिवर्तन को देख रहा है।

यह “देखने वाला” कौन है?
यही असली खोज है।

यह देखने वाला न दिखाई देता है, न उसे छुआ जा सकता है, न ही उसे किसी रूप में बाँधा जा सकता है। फिर भी उसका अस्तित्व सबसे स्पष्ट है, क्योंकि उसके बिना कोई भी अनुभव संभव नहीं है। वही चेतना है, वही जागरूकता है, जो हर क्षण उपस्थित रहती है।

समस्या यह है कि व्यक्ति इस साक्षी को भी एक पहचान बना लेता है। वह कहने लगता है—“मैं साक्षी हूँ।” लेकिन यह भी एक सूक्ष्म भ्रम है। क्योंकि जैसे ही “मैं” साक्षी बनता है, वहाँ फिर से द्‌वैत पैदा हो जाता है—एक “मैं” और एक “जो देखा जा रहा है।”

वास्तविक सत्य इससे भी परे है।

जब व्यक्ति और गहराई में जाता है, तो यह “मैं” भी धीरे-धीरे विलीन होने लगता है। तब केवल शुद्‌ध जागरूकता बचती है—बिना किसी केंद्र के, बिना किसी पहचान के। वहाँ कोई “मैं” नहीं होता, फिर भी अस्तित्व पूरी तरह मौजूद होता है।

यही असली पहचान है।

यह कोई व्यक्तिगत पहचान नहीं है, बल्कि सार्वभौमिक है। यह किसी एक व्यक्ति तक सीमित नहीं है, बल्कि सबमें समान रूप से उपस्थित है। यही कारण है कि अद्‌वैत में कहा जाता है—तुम अलग नहीं हो, तुम वही हो जो सबमें है।

जब यह अनुभव होता है, तो जीवन पूरी तरह बदल जाता है। अब व्यक्ति खुद को सीमित शरीर या मन के रूप में नहीं देखता, बल्कि एक व्यापक चेतना के रूप में अनुभव करता है। इससे उसके भीतर का भय समाप्त होने लगता है, क्योंकि अब वह जानता है कि उसका वास्तविक स्वरूप न कभी जन्मा था, न कभी मरेगा।

यह समझ कोई कल्पना नहीं है, बल्कि एक जीवंत अनुभव है। और जब यह अनुभव स्थिर हो जाता है, तो व्यक्ति के लिए जीवन एक अलग ही रूप ले लेता है—अब वह जीता नहीं, बल्कि जीवन उसके माध्यम से बहता है।

अंततः, "मैं" कोई व्यक्ति नहीं है,
कोई कहानी नहीं है,
कोई पहचान नहीं है।
"मैं" वह शुद्ध उपस्थिति है,
जो सब कुछ देख रही है—
और स्वयं कभी दिखाई नहीं देती।
और जब यह स्पष्ट हो जाता है,
तो खोज समाप्त हो जाती है।
क्योंकि जो खोज रहा था,
वह स्वयं ही वह था...
जिसे वह खोज रहा था।

खंड 8

देखने वाला और देखा जाने वाला

हमारा पूरा अनुभव एक सरल-सी प्रक्रिया पर आधारित है—देखना। हम दुनिया को देखते हैं, सुनते हैं, महसूस करते हैं, और उसी के आधार पर अपनी वास्तविकता बनाते हैं। लेकिन इस पूरी प्रक्रिया में एक बहुत सूक्ष्म बात छिपी होती है, जिसे हम अक्सर नजरअंदाज कर देते हैं—देखने वाला और जो देखा जा रहा है, इन दोनों के बीच का संबंध।

सामान्यतः हमें लगता है कि हम देखने वाले हैं और दुनिया वह है जिसे हम देख रहे हैं। यह विभाजन इतना स्वाभाविक लगता है कि हम कभी इस पर प्रश्न ही नहीं उठाते। हमें लगता है कि यह बिल्कुल स्पष्ट है—"मैं यहाँ हूँ" और "दुनिया वहाँ है।" लेकिन यदि हम इस अनुभव को थोड़ी गहराई से देखें, तो यह स्पष्टता धीरे-धीरे धुंधली होने लगती है।

जब तुम किसी वस्तु को देखते हो, तो क्या वास्तव में तुम और वह वस्तु पूरी तरह अलग हो? देखने की क्रिया में तुम और वह वस्तु एक ही अनुभव का हिस्सा बन जाते हो। यदि देखने वाला न हो, तो वस्तु का अनुभव नहीं होगा। और यदि वस्तु न हो, तो देखने की क्रिया भी नहीं होगी। इसका अर्थ है कि दोनों एक-दूसरे पर निर्भर हैं—वे अलग-अलग होकर भी अलग नहीं हैं।

यह समझ केवल बौद्धिक स्तर पर नहीं, बल्कि अनुभव के स्तर पर महत्वपूर्ण है। जब व्यक्ति ध्यानपूर्वक देखने की प्रक्रिया को देखता है, तो उसे महसूस होता है कि देखने वाला और देखा जाने वाला एक ही घटना के दो पहलू हैं। यह वैसा ही है जैसे एक सिक्के के दो पहलू—अलग दिखते हैं, लेकिन वास्तव में एक ही हैं।

अब यहाँ एक और गहरी बात आती है। जो "देखने वाला" है, क्या वह वास्तव में कोई ठोस इकाई है? जब तुम अपने भीतर देखने की कोशिश करते हो, तो क्या तुम्हें कोई ऐसा "मैं" मिलता है जो स्थायी रूप से मौजूद हो? या केवल एक निरंतर बदलता हुआ अनुभव ही दिखाई देता है?

यदि ध्यान से देखा जाए, तो यह स्पष्ट होता है कि देखने वाला भी कोई स्थायी वस्तु नहीं है। वह भी एक प्रक्रिया है—एक जागरूकता, जो हर क्षण नए रूप में प्रकट होती है। इसका अर्थ यह है कि देखने वाला और देखा जाने वाला दोनों ही एक ही मूल से उत्पन्न हो रहे हैं।

जब यह समझ गहराई में उतरती है, तो द्वैत का भ्रम और भी कमजोर होने लगता है। अब व्यक्ति यह नहीं देखता कि वह दुनिया से अलग है, बल्कि वह अनुभव करता है कि वह और दुनिया एक ही प्रक्रिया का हिस्सा हैं। यह केवल एक विचार नहीं है, बल्कि एक जीवंत अनुभूति है, जो धीरे-धीरे स्थिर होती जाती है।

इस अवस्था में देखने का तरीका बदल जाता है। अब देखने में कोई प्रयास नहीं रहता, कोई पकड़ नहीं रहती। केवल देखना होता है—स्वाभाविक, सहज, बिना किसी हस्तक्षेप के। और इस देखने में एक अद्भुत शांति होती है, क्योंकि अब कोई विभाजन नहीं बचता।

जब देखने वाला और देखा जाने वाला पूरी तरह एक हो जाते हैं, तो एक नया अनुभव जन्म लेता है—शुद्ध उपस्थिति का। यहाँ कोई केंद्र नहीं होता, कोई "मैं" नहीं होता जो अनुभव कर रहा हो। केवल अनुभव ही होता है, और वही पूर्ण होता है।

यह स्थिति शब्दों में व्यक्त करना कठिन है, क्योंकि जैसे ही हम इसे शब्दों में बाँधते हैं, हम फिर से विभाजन बना देते हैं। लेकिन जो इसे अनुभव करता है, उसके लिए यह पूरी तरह स्पष्ट हो जाता है। यह कोई रहस्य नहीं रह जाता, बल्कि एक स्वाभाविक सत्य बन जाता है।

अंततः, देखने वाला और देखा जाने वाला अलग नहीं हैं। वे एक ही चेतना के दो पहलू हैं, जो केवल अनुभव के स्तर पर अलग दिखाई देते हैं। जब यह भ्रम समाप्त हो जाता है, तो केवल एक ही सत्य बचता है—एक ऐसा सत्य जिसमें कोई विभाजन नहीं है।

और उसी एकत्व में,
शांति है,

स्वतंत्रता है,
और वही वास्तविकता है।

3

मन का खेल

मन वह उपकरण है जिसके माध्यम से तुम दुनिया को देखते हो,
लेकिन यही मन सबसे बड़ा भ्रम भी पैदा करता है।
यह तुम्हें सत्य से दूर भी ले जा सकता है
और उसी सत्य का द्वार भी बन सकता है।
इस भाग में तुम समझोगे—
मन क्या है, कैसे काम करता है,
और उससे परे कैसे जाया जा सकता है।

खंड 9

मन क्या है और कैसे काम करता है

मन एक रहस्य है—ऐसा रहस्य जिसे हम हर क्षण उपयोग करते हैं, लेकिन शायद ही कभी उसे समझने की कोशिश करते हैं। हम अपने जीवन के लगभग हर निर्णय, हर प्रतिक्रिया और हर अनुभव के लिए मन पर निर्भर करते हैं, फिर भी यह स्पष्ट नहीं होता कि मन वास्तव में है क्या।

सामान्यतः हम मन को अपने विचारों से जोड़ते हैं। हमें लगता है कि जो कुछ भी हम सोचते हैं, वही मन है। लेकिन यदि थोड़ा गहराई से देखा जाए, तो यह समझ में आता है कि मन केवल विचारों का संग्रह नहीं है, बल्कि एक पूरी प्रक्रिया है—एक सतत प्रवाह, जिसमें विचार, भावनाएँ, स्मृतियाँ और कल्पनाएँ शामिल हैं।

मन का काम है—व्याख्या करना। जो कुछ भी तुम देखते हो, सुनते हो या अनुभव करते हो, मन तुरंत उसे किसी अर्थ में बदल देता है। वह हर चीज़ को नाम देता है, उसे किसी श्रेणी में डालता है, और उसके बारे में एक कहानी बना देता है। यही कारण है कि दो लोग एक ही घटना को पूरी तरह अलग तरीके से अनुभव कर सकते हैं—क्योंकि उनके मन की व्याख्या अलग होती है।

मन हमेशा अतीत और भविष्य के बीच झूलता रहता है। वह या तो पुरानी स्मृतियों में उलझा रहता है, या भविष्य की कल्पनाओं में खोया रहता है। वर्तमान क्षण में उसका टिकना बहुत कठिन होता है। यही कारण है कि व्यक्ति अक्सर वास्तविकता को सीधे अनुभव नहीं कर पाता, क्योंकि उसका मन हमेशा कहीं और भटक रहा होता है।

मन की एक और महत्वपूर्ण विशेषता है—उसकी आदत। मन पैटर्न बनाता है। यदि कोई विचार बार-बार आता है, तो वह एक आदत बन जाता है। धीरे-धीरे ये आदतें इतनी मजबूत हो जाती हैं कि व्यक्ति उन्हें ही अपनी पहचान मानने लगता है। वह सोचता है—"मैं ऐसा हूँ," जबकि वास्तव में वह केवल अपने मन के पैटर्न को दोहरा रहा होता है।

यही पैटर्न व्यक्ति के दुख का कारण बनते हैं। क्योंकि मन हमेशा कुछ चाहता है—कुछ पाने की इच्छा, कुछ खोने का भय। यह निरंतर चाह और भय का चक्र चलता रहता है, जिससे व्यक्ति कभी भी संतुष्ट नहीं हो पाता। उसे लगता है कि यदि उसे कुछ मिल जाए, तो वह खुश हो जाएगा। लेकिन जैसे ही वह चीज़ मिलती है, मन तुरंत कुछ और चाहता है।

इस तरह मन कभी भी शांत नहीं होता। वह हमेशा सक्रिय रहता है, हमेशा कुछ न कुछ सोचता रहता है। और यही निरंतर गतिविधि व्यक्ति को उसके वास्तविक स्वरूप से दूर रखती है। क्योंकि जब तक मन सक्रिय है, तब तक व्यक्ति का ध्यान उसी में उलझा रहता है।

लेकिन यहाँ एक महत्वपूर्ण बात समझनी चाहिए—मन स्वयं समस्या नहीं है। समस्या यह है कि हम मन के साथ पूरी तरह जुड़ जाते हैं। हम यह मान लेते हैं कि हम ही मन हैं। जब कोई विचार आता है, तो हम उसे सच मान लेते हैं। जब कोई भावना उठती है, तो हम उसमें खो जाते हैं।

यदि व्यक्ति थोड़ा पीछे हटकर देखे, तो उसे पता चलेगा कि वह मन नहीं है। वह मन को देख सकता है, इसलिए वह उससे अलग है। यही पहला कदम है—मन को समझने का।

जब यह समझ गहराई में उतरती है, तो व्यक्ति धीरे-धीरे मन के प्रभाव से मुक्त होने लगता है। अब विचार आते हैं, लेकिन वे उसे पकड़ नहीं पाते। भावनाएँ उठती हैं, लेकिन वे उसे बहा नहीं ले जातीं। वह एक साक्षी की तरह उन्हें देखता है।

यही वह बिंदु है जहाँ मन एक बाधा से बदलकर एक साधन बन जाता है। अब मन तुम्हें नियंत्रित नहीं करता, बल्कि तुम मन का उपयोग करते हो। और जब यह स्थिति स्थिर हो जाती है, तो व्यक्ति पहली बार वास्तविक स्वतंत्रता का अनुभव करता है।

अंततः, मन एक उपकरण है—न अच्छा, न बुरा।
यह केवल वही करता है, जिसके लिए उसे प्रशिक्षित किया गया है।

प्रश्न यह नहीं है कि मन कैसा है,
प्रश्न यह है कि तुम उसके साथ कैसे जुड़ते हो।
और जब यह स्पष्ट हो जाता है,
तो मन का खेल समाप्त होने लगता है...
और सत्य धीरे-धीरे प्रकट होने लगता है।

खंड 10

विचारों की उत्पत्ति

मन को समझने के बाद अगला प्रश्न स्वाभाविक रूप से उठता है—विचार आते कहाँ से हैं? क्या हम विचारों को उत्पन्न करते हैं, या वे अपने आप उत्पन्न होते हैं? यदि ध्यान से देखा जाए, तो यह प्रश्न जितना सरल लगता है, उतना ही गहरा है।

सामान्यतः हमें ऐसा लगता है कि हम ही सोच रहे हैं, हम ही विचार बना रहे हैं। लेकिन यदि थोड़ी सजगता से अपने भीतर देखा जाए, तो एक अलग ही सच्चाई सामने आती है। विचार अपने आप आते हैं। तुम उन्हें बुलाते नहीं, वे स्वतः प्रकट हो जाते हैं। और जब वे चले जाते हैं, तो तुम उन्हें रोक भी नहीं पाते।

यदि तुम कुछ क्षण शांत बैठकर अपने विचारों को देखो, तो यह स्पष्ट हो जाएगा कि तुम विचारों के निर्माता नहीं हो, बल्कि केवल उनके साक्षी हो। एक विचार आता है, कुछ समय ठहरता है, और फिर चला जाता है। उसके बाद दूसरा विचार आता है। यह प्रक्रिया लगातार चलती रहती है, बिना किसी रुकावट के।

यहाँ एक महत्वपूर्ण प्रश्न उठता है—यदि हम विचारों को नियंत्रित नहीं करते, तो फिर वे आते कहाँ से हैं?

विचारों की उत्पत्ति कई स्तरों पर होती है। पहला स्तर है—स्मृति। जो कुछ भी तुमने अपने जीवन में अनुभव किया है, वह तुम्हारे भीतर एक छाप के रूप में जमा हो जाता है। जब कोई परिस्थिति आती है, तो ये पुरानी स्मृतियाँ सक्रिय हो जाती हैं और उनसे संबंधित विचार उत्पन्न होते हैं। इसी कारण, दो अलग-अलग लोग एक ही परिस्थिति में अलग-अलग सोचते हैं—क्योंकि उनकी स्मृतियाँ अलग होती हैं।

दूसरा स्तर है—परिस्थिति और वातावरण। जो कुछ भी तुम देखते हो, सुनते हो, पढ़ते हो, वह तुम्हारे मन पर प्रभाव डालता है। ये प्रभाव धीरे-धीरे विचारों का रूप लेते हैं। इसलिए यदि कोई व्यक्ति लगातार नकारात्मक वातावरण में रहता है, तो उसके विचार भी उसी दिशा में जाने लगते हैं।

तीसरा और सबसे सूक्ष्म स्तर है—अवचेतन। यहाँ वे सभी बातें संग्रहीत होती हैं, जिन पर तुमने कभी सचेत रूप से ध्यान नहीं दिया। ये गहरी परतें समय-समय पर विचारों के रूप में ऊपर आती रहती हैं, और व्यक्ति को यह भी पता नहीं चलता कि ये विचार कहाँ से आए।

इन सबके बावजूद, एक गहरी सच्चाई यह है कि विचारों का स्रोत अंततः अज्ञात ही रहता है। तुम केवल यह देख सकते हो कि वे प्रकट होते हैं, लेकिन उनका मूल बिंदु तुम्हारी पकड़ में नहीं आता। यही कारण है कि विचारों को पूरी तरह नियंत्रित करना लगभग असंभव है।

यहीं पर एक नई समझ जन्म लेती है—यदि विचार अपने आप उत्पन्न हो रहे हैं, तो क्या वे वास्तव में "मेरे" हैं? क्या यह सही है कि मैं उन्हें अपनी पहचान बना लूँ? यही वह जगह है जहाँ अधिकांश लोग भ्रमित हो जाते हैं। वे हर विचार को सच मान लेते हैं, हर भावना को अपनी मान लेते हैं, और उसी के अनुसार जीवन जीने लगते हैं।

लेकिन जब व्यक्ति यह देखता है कि विचार स्वतः उत्पन्न होते हैं और स्वतः समाप्त हो जाते हैं, तो वह उनसे थोड़ा अलग हो जाता है। अब वह हर विचार को गंभीरता से नहीं लेता। वह जानता है कि यह केवल एक मानसिक घटना है, कोई अंतिम सत्य नहीं।

यह समझ व्यक्ति को एक नई स्वतंत्रता देती है। अब वह अपने विचारों का गुलाम नहीं रहता। यदि कोई नकारात्मक विचार आता है, तो वह उसे पकड़कर नहीं बैठता। वह उसे आते हुए देखता है और जाते हुए भी देखता है। धीरे-धीरे, विचारों की पकड़ ढीली पड़ने लगती है।

यहाँ यह भी समझना जरूरी है कि विचारों को रोकने की कोशिश करना सही मार्ग नहीं है। जितना अधिक तुम उन्हें रोकने की कोशिश करोगे, वे उतनी ही शक्ति से वापस आएंगे। सही तरीका यह है कि उन्हें बिना किसी विरोध के देखा जाए। जब कोई विचार आता है, तो बस उसे देखो—बिना यह कहे कि यह अच्छा है या बुरा।

इस देखने में एक अद्भुत परिवर्तन होता है। जैसे-जैसे तुम्हारी जागरूकता बढ़ती है, विचारों की गति धीमी होने लगती है। उनके बीच का अंतराल बढ़ने लगता है। और इन्हीं अंतरालों में, एक गहरा मौन प्रकट होता है।

वही मौन शून्य का द्वार है।

अंततः, विचार कोई समस्या नहीं हैं। वे केवल एक प्रक्रिया हैं, जो अपने आप चलती रहती है। समस्या तब पैदा होती है, जब हम उन्हें अपनी पहचान बना लेते हैं।

जब यह समझ स्थिर हो जाती है, तो व्यक्ति विचारों के पार देखने लगता है। तब वह जानता है कि विचार आते-जाते रहेंगे, लेकिन जो उन्हें देख रहा है, वह हमेशा स्थिर रहेगा।

और वही स्थिरता,
वही मौन,
वही शून्य—
उसका असली स्वरूप है।

खंड 11

अहंकार का जाल

मन के खेल में सबसे सूक्ष्म और सबसे शक्तिशाली तत्व है—अहंकार। यही वह केंद्र है, जिसके चारों ओर व्यक्ति की पूरी पहचान घूमती है। यह इतना स्वाभाविक लगता है कि व्यक्ति कभी इस पर प्रश्न ही नहीं उठाता कि यह वास्तव में है क्या।

अहंकार का अर्थ केवल घमंड या अभिमान नहीं है, जैसा सामान्यतः समझा जाता है। असली अहंकार वह "मैं" की भावना है, जो हर अनुभव के साथ जुड़ी होती है। जब तुम कहते हो—"मैं सोच रहा हूँ", "मैं कर रहा हूँ", "मेरे साथ यह हुआ"—तो यह जो "मैं" है, वही अहंकार है

यह "मैं" वास्तव में कोई ठोस चीज़ नहीं है। यह केवल विचारों, स्मृतियों और पहचान का एक संग्रह है, जिसे हमने अपने साथ जोड़ लिया है। बचपन से ही हमें एक नाम दिया जाता है, एक पहचान दी जाती है, और धीरे-धीरे हम उस पहचान को सच मान लेते हैं। हम भूल जाते हैं कि यह केवल एक सामाजिक संरचना है, कोई अंतिम सत्य नहीं।

अहंकार का काम है—अलगाव बनाए रखना। वह हमेशा यह महसूस कराता है कि "मैं अलग हूँ" और "बाकी सब अलग हैं।" यही विभाजन व्यक्ति के भीतर भय, तुलना और संघर्ष को जन्म देता है। वह हमेशा खुद को दूसरों से बेहतर या कमतर मानता रहता है, और इसी तुलना में उसका जीवन बीत जाता है।

अहंकार को अस्तित्व बनाए रखने के लिए लगातार पुष्टि चाहिए। उसे चाहिए कि कोई उसकी प्रशंसा करे, उसे महत्व दे, उसे विशेष महसूस कराए। यदि उसे यह सब नहीं मिलता, तो वह असुरक्षित हो जाता है। इसी कारण व्यक्ति दूसरों की राय पर इतना निर्भर हो जाता है—क्योंकि उसका "मैं" उसी पर टिका होता है।

लेकिन अहंकार केवल बाहरी मान्यता पर ही निर्भर नहीं करता, वह भीतर भी लगातार कहानियाँ बनाता रहता है। वह अतीत की घटनाओं को पकड़कर रखता है—"मेरे साथ यह गलत हुआ", "मैं ऐसा हूँ", "मुझे यह मिलना चाहिए।"

ये कहानियाँ धीरे-धीरे इतनी मजबूत हो जाती हैं कि व्यक्ति उन्हें ही अपनी वास्तविकता मानने लगता है।

सबसे गहरी बात यह है कि अहंकार हमेशा भविष्य में जीता है। वह कभी वर्तमान में नहीं होता। वह या तो अतीत की स्मृतियों में उलझा रहता है, या भविष्य की कल्पनाओं में खोया रहता है। वर्तमान क्षण में उसका कोई अस्तित्व नहीं है। और यही कारण है कि जब व्यक्ति पूरी तरह वर्तमान में होता है, तो अहंकार स्वतः ही कमजोर पड़ने लगता है।

अहंकार का जाल इतना सूक्ष्म है कि यह आध्यात्मिक मार्ग पर भी व्यक्ति को पकड़ सकता है। व्यक्ति कहने लगता है—"मैं साधक हूँ", "मैं जानता हूँ", "मैं जागरूक हूँ।" यह एक और परत बन जाती है, जो पहले से भी अधिक सूक्ष्म होती है। अब अहंकार बाहरी चीज़ों से नहीं, बल्कि आध्यात्मिक पहचान से जुड़ जाता है।

तो क्या अहंकार को पूरी तरह समाप्त करना संभव है?

अहंकार को न तो बलपूर्वक हटाया जा सकता है, और न ही उससे लड़कर जीता जा सकता है। क्योंकि जो उससे लड़ रहा है, वही अहंकार का एक और रूप है। जितना अधिक तुम उससे संघर्ष करोगे, वह उतना ही मजबूत होता जाएगा।

सही मार्ग है—उसे देखना।

जब तुम अपने भीतर उस "मैं" को देखना शुरू करते हो, जो हर बात में शामिल हो जाता है, तो धीरे-धीरे उसकी पकड़ ढीली होने लगती है। तुम देख पाते हो कि यह "मैं" केवल एक विचार है, जो बार-बार उठता है और खुद को वास्तविक साबित करने की कोशिश करता है।

इस देखने में एक अद्भुत परिवर्तन होता है। जैसे-जैसे तुम सजग होते जाते हो, अहंकार की शक्ति कम होने लगती है। अब वह तुम्हें पूरी तरह नियंत्रित नहीं कर पाता। वह आता है, अपनी बात कहता है, और चला जाता है।

और एक दिन ऐसा आता है, जब यह "मैं" पूरी तरह शांत हो जाता है।

तब जो बचता है, वह कोई नई पहचान नहीं होती, बल्कि पहचान का अभाव होता है। वहाँ कोई केंद्र नहीं होता, कोई "मैं" नहीं होता—केवल शुद्ध उपस्थिति होती है।

यही वह क्षण है, जब व्यक्ति पहली बार वास्तविक स्वतंत्रता का अनुभव करता है।

अहंकार का अंत कोई हानि नहीं है, बल्कि एक मुक्ति है।
क्योंकि जब "मैं" समाप्त होता है,
तभी सत्य प्रकट होता है।
और उस सत्य में,
न कोई अलगाव है,
न कोई संघर्ष—
केवल शांति है,
और वही वास्तविक अस्तित्व है।

खंड 12

मन से परे जाना

मन को समझना एक बात है, और मन से परे जाना बिल्कुल दूसरी। अधिकांश लोग जीवन भर मन के भीतर ही घूमते रहते हैं—विचारों, भावनाओं और कल्पनाओं के उसी चक्र में। उन्हें कभी यह अनुभव ही नहीं होता कि मन के पार भी कुछ है।

मन एक उपकरण है, एक माध्यम है—लेकिन हमने उसे अपना स्वामी बना लिया है। वह हमें चलाता है, हम उसे नहीं। और जब तक यह स्थिति बनी रहती है, तब तक व्यक्ति वास्तविक स्वतंत्रता का अनुभव नहीं कर पाता।

मन से परे जाने का अर्थ यह नहीं है कि मन को नष्ट कर दिया जाए। इसका अर्थ है—मन के साथ अपनी पहचान को तोड़ देना। अभी तक तुम यह मानते आए हो कि "मैं ही मन हूँ", "मेरे विचार ही मैं हूँ।" लेकिन जब यह भ्रम टूटता है, तब एक नई संभावना खुलती है।

पहला कदम है—रुकना।

हमारा मन लगातार भागता रहता है—एक विचार से दूसरे विचार की ओर, एक इच्छा से दूसरी इच्छा की ओर। यदि इस दौड़ को कुछ क्षणों के लिए भी रोका जाए, तो एक अलग ही अनुभव सामने आता है। जब तुम रुकते हो, तो तुम देख पाते हो कि मन अपने आप चल रहा है।

दूसरा कदम है—साक्षी बनना।

जब कोई विचार आता है, तो उसके साथ बह जाने के बजाय उसे देखो। बिना प्रतिक्रिया दिए, बिना उसे अच्छा या बुरा कहे—केवल देखो। धीरे-धीरे यह देखने की क्षमता बढ़ने लगती है। अब तुम विचारों के भीतर खोते नहीं, बल्कि उन्हें बाहर से देखते हो।

यहीं से एक दूरी पैदा होती है—तुम और तुम्हारे मन के बीच।

यह दूरी ही द्वार है।

जैसे-जैसे यह दूरी बढ़ती है, मन की पकड़ कम होने लगती है। पहले जो विचार तुम्हें पूरी तरह घेर लेते थे, अब वे केवल एक घटना की तरह दिखने लगते हैं। वे आते हैं और चले जाते हैं, लेकिन तुम स्थिर रहते हो।

धीरे-धीरे, विचारों के बीच के अंतराल स्पष्ट होने लगते हैं। पहले यह अंतराल बहुत छोटा होता है, लगभग अदृश्य। लेकिन जैसे-जैसे जागरूकता बढ़ती है, यह अंतराल भी बढ़ने लगता है।

और इन्हीं अंतरालों में,
मन नहीं होता।

वहाँ कोई विचार नहीं होता, कोई शब्द नहीं होता, कोई छवि नहीं होती। केवल एक शुद्ध मौन होता है—जीवंत, जागृत, और पूर्ण।यही वह स्थान है, जहाँ मन समाप्त हो जाता है।

लेकिन यह अंत नहीं है—यही शुरुआत है।

क्योंकि जब मन शांत होता है, तब जो बचता है, वह तुम्हारा असली स्वरूप है। वह न विचार है, न भावना, न कोई पहचान—वह केवल शुद्ध चेतना है।

मन से परे जाने का अनुभव शब्दों में पूरी तरह व्यक्त नहीं किया जा सकता। इसे केवल जिया जा सकता है। यह कोई लक्ष्य नहीं है जिसे भविष्य में हासिल करना है, बल्कि यह हर क्षण उपलब्ध है—यदि तुम उसे देख सको।

अधिकांश लोग इस अनुभव को इसलिए नहीं पा पाते, क्योंकि वे लगातार कुछ "करने" की कोशिश करते रहते हैं। वे ध्यान को भी एक क्रिया बना लेते हैं—कुछ पाने का प्रयास। लेकिन मन से परे जाने के लिए "कुछ करना" नहीं, बल्कि "सब कुछ छोड़ना" होता है।

जब तुम कुछ नहीं करते,
कुछ नहीं चाहते,
और केवल उपस्थित रहते हो—

तब मन धीरे-धीरे शांत हो जाता है।
और उस शांति में,
तुम पाते हो कि तुम कभी मन थे ही नहीं।
तुम हमेशा उससे परे थे।
मन केवल एक लहर था,
और तुम सागर हो।
जब यह अनुभव स्थिर हो जाता है,
तो जीवन बदल जाता है।
अब तुम मन का उपयोग करते हो,
मन तुम्हारा उपयोग नहीं करता।
और यही वास्तविक स्वतंत्रता है—
मन से परे जाना,
और शून्य में स्थिर हो जाना।

4

आत्मा और परमात्मा

यह भाग आत्मा और परमात्मा के संबंध को स्पष्ट करता है। आत्मा शुद्ध चेतना है और परमात्मा वही चेतना है जो सर्वव्यापी है। आत्मा और परमात्मा अलग नहीं, बल्कि एक ही हैं। चेतना का विस्तार हमें शून्य तक ले जाता है। यह भाग हमें अपने वास्तविक स्वरूप की पहचान कराता है।

खंड 13

आत्मा क्या है?

जब मन शांत होने लगता है, और विचारों की पकड़ ढीली पड़ती है, तब एक नया प्रश्न जन्म लेता है—"अगर मैं मन नहीं हूँ, तो फिर मैं कौन हूँ?"

यही प्रश्न व्यक्ति को आत्मा की ओर ले जाता है।

आत्मा कोई वस्तु नहीं है, जिसे देखा या छुआ जा सके। यह कोई रूप नहीं है, कोई आकार नहीं है, कोई सीमित अस्तित्व नहीं है। फिर भी, यह सबसे वास्तविक है—क्योंकि यही तुम्हारा मूल है।

आमतौर पर हम अपने आप को शरीर से जोड़ते हैं—"मैं यह शरीर हूँ।"
थोड़ा और गहराई में जाते हैं, तो कहते हैं—"मैं मन हूँ, मेरे विचार ही मैं हूँ।"
लेकिन जब ध्यान से देखा जाता है, तो यह दोनों ही अस्थायी साबित होते हैं।

शरीर बदलता रहता है—बचपन, युवावस्था, बुढ़ापा।
मन बदलता रहता है—हर क्षण नए विचार, नई भावनाएँ।

लेकिन एक चीज़ है जो कभी नहीं बदलती—जो यह सब देख रही है।
वही आत्मा है।

जब तुम अपने भीतर देखते हो, तो तुम्हें एक ऐसी उपस्थिति का अनुभव होता है, जो हमेशा से वहाँ है। बचपन में भी वही थी, आज भी वही है। शरीर बदल गया, विचार बदल गए, परिस्थितियाँ बदल गईं—लेकिन वह जो देख रहा है, वह कभी नहीं बदला।

वह न पैदा हुआ था,
न कभी मरेगा।

आत्मा समय के पार है।
वह जन्म और मृत्यु के चक्र से परे है।

लेकिन समस्या यह है कि हम उसे “देखने” की कोशिश करते हैं, जैसे वह कोई वस्तु हो। यही सबसे बड़ा भ्रम है। आत्मा को देखा नहीं जा सकता, क्योंकि वही देखने वाला है।

तुम आँखों से सब कुछ देख सकते हो,
लेकिन आँखों को खुद कैसे देखोगे?

इसी तरह, आत्मा को किसी माध्यम से जाना नहीं जा सकता। उसे केवल “होकर” जाना जा सकता है।

जब तुम पूरी तरह शांत हो जाते हो,
जब मन का शोर समाप्त हो जाता है,
जब कोई विचार, कोई पहचान, कोई प्रयास नहीं रहता—

तब जो बचता है,
वही आत्मा है।

वह कोई अनुभव नहीं है, जो आता-जाता हो।
वह अनुभवों का आधार है।

अक्सर लोग कहते हैं—“मुझे आत्मा का अनुभव हुआ।”
लेकिन सच्चाई यह है कि जो आता और जाता है, वह आत्मा नहीं हो सकता।
आत्मा तो वह है, जो हर अनुभव में हमेशा मौजूद रहती है।

यह समझ धीरे-धीरे गहराती है।

पहले व्यक्ति आत्मा को एक “विचार” के रूप में समझता है।
फिर वह उसे एक “अनुभव” के रूप में महसूस करता है।
और अंततः, वह जान जाता है कि वही आत्मा है।
उसके बाद खोज समाप्त हो जाती है।

क्योंकि जिसे खोजा जा रहा था,
वह कभी खोया ही नहीं था।

आत्मा कोई उपलब्धि नहीं है,
यह तुम्हारा स्वभाव है।

तुम उसे पा नहीं सकते,
क्योंकि तुम पहले से ही वही हो।

बस एक परदा हटाना है—
अज्ञान का, पहचान का, "मैं" के भ्रम का।

जब यह परदा हटता है,
तो कोई नया सत्य नहीं मिलता—

बल्कि वही प्रकट होता है,
जो हमेशा से था।
और तब व्यक्ति समझता है—

कि वह सीमित शरीर नहीं,
सीमित मन नहीं,
बल्कि एक असीम, शाश्वत चेतना है—
जिसे हम आत्मा कहते हैं।

खंड 14

परमात्मा का अनुभव कैसे होता है?

जब व्यक्ति आत्मा को समझने लगता है, तब अगला स्वाभाविक प्रश्न उठता है—"परमात्मा क्या है, और उसका अनुभव कैसे होता है?"

अधिकांश लोग परमात्मा को एक अलग सत्ता मानते हैं—कोई शक्ति जो कहीं ऊपर बैठी है, जो इस सृष्टि को चला रही है। वे उसे खोजने के लिए मंदिरों, ग्रंथों और बाहरी साधनों का सहारा लेते हैं।

लेकिन एक गहरी सच्चाई यह है कि परमात्मा कहीं बाहर नहीं है।

जिसे तुम बाहर खोज रहे हो,
वह तुम्हारे भीतर ही है।

परमात्मा कोई "व्यक्ति" नहीं है, कोई रूप नहीं है, कोई सीमित अस्तित्व नहीं है। वह संपूर्ण अस्तित्व है—जो हर जगह है, हर चीज़ में है, और हर अनुभव के पीछे छिपा हुआ है।

तो फिर प्रश्न यह है—यदि वह हर जगह है, तो हम उसे अनुभव क्यों नहीं कर पाते?

कारण बहुत सरल है—हम लगातार मन के शोर में उलझे रहते हैं।

मन एक परदा बन जाता है, जो हमें वास्तविकता को देखने से रोकता है। विचार, इच्छाएँ, भय, अपेक्षाएँ—ये सब मिलकर एक धुंध बना देते हैं, जिसमें सत्य स्पष्ट नहीं दिखता।

परमात्मा का अनुभव कोई नई चीज़ पाने जैसा नहीं है।
यह तो उस चीज़ को देखने जैसा है, जो हमेशा से मौजूद थी—लेकिन जिसे हमने कभी ध्यान से नहीं देखा।

जब मन शांत होता है,
जब विचारों की गति धीमी पड़ती है,
जब भीतर मौन गहराने लगता है—

तब एक अलग ही अनुभव प्रकट होता है।

यह कोई "घटना" नहीं होती, बल्कि एक गहरी उपस्थिति होती है—शांत, स्थिर, और पूर्ण। इसमें कोई उत्तेजना नहीं होती, कोई रोमांच नहीं होता, फिर भी यह सबसे गहरा अनुभव होता है।

अक्सर लोग सोचते हैं कि परमात्मा का अनुभव कुछ अद्भुत, चमत्कारी या असाधारण होगा—जैसे कोई प्रकाश दिखाई देगा, कोई दिव्य ध्वनि सुनाई देगी। लेकिन सच्चाई इससे बिल्कुल अलग है।

परमात्मा का अनुभव जितना गहरा होता है,
उतना ही साधारण होता है।

यह इतना सामान्य होता है कि मन उसे पहचान नहीं पाता।
जब तुम पूरी तरह वर्तमान में होते हो—
न अतीत में, न भविष्य में—
जब तुम केवल "हो" रहे होते हो—
तब जो शांति, जो पूर्णता तुम महसूस करते हो,
वही परमात्मा की झलक है।
लेकिन यहाँ एक महत्वपूर्ण बात समझनी जरूरी है—परमात्मा का अनुभव
किसी "मैं" के द्वारा नहीं होता।
जब तक "मैं" मौजूद है,
तब तक अनुभव अधूरा है।
क्योंकि "मैं" हमेशा अलगाव पैदा करता है—"मैं" और "परमात्मा"।
लेकिन जब यह "मैं" शांत हो जाता है,
तब यह भेद समाप्त हो जाता है।

तब कोई अनुभव करने वाला नहीं बचता,
और कोई अनुभव अलग से नहीं होता—
केवल अनुभव ही बचता है।
यही वह अवस्था है, जहाँ आत्मा और परमात्मा का भेद मिट जाता है।
तब व्यक्ति यह नहीं कहता कि "मैंने परमात्मा को पाया।"
बल्कि वह देखता है कि कभी कोई दूरी थी ही नहीं।
जो खोज रहा था,
और जिसे खोजा जा रहा था—
दोनों एक ही थे।
यह अनुभव शब्दों से परे है।
इसे समझाया नहीं जा सकता, केवल जिया जा सकता है।
और जब यह अनुभव स्थिर हो जाता है,
तो जीवन पूरी तरह बदल जाता है।
अब व्यक्ति अलगाव में नहीं जीता,
वह हर चीज़ में एक ही चेतना को देखता है।
पेड़, नदी, आकाश, लोग—सबमें वही एक उपस्थिति।
तब जीवन एक संघर्ष नहीं रह जाता,
बल्कि एक सहज प्रवाह बन जाता है।
और उस प्रवाह में,
हर क्षण एक ध्यान बन जाता है,
हर सांस एक प्रार्थना—
और हर अनुभव,
परमात्मा का ही विस्तार।

खंड 15

आत्मा और परमात्मा में अंतर (या एकता?)

जब आत्मा और परमात्मा दोनों की चर्चा होती है, तो मन स्वाभाविक रूप से उन्हें दो अलग-अलग चीज़ों के रूप में देखने लगता है। ऐसा लगता है जैसे आत्मा एक छोटी इकाई है—व्यक्ति के भीतर सीमित—और परमात्मा एक विशाल, सर्वव्यापी सत्ता है।

लेकिन क्या वास्तव में ऐसा है?

या यह केवल मन की बनाई हुई एक कल्पना है?

जब हम शब्दों के स्तर पर देखते हैं, तो "आत्मा" और "परमात्मा" अलग-अलग प्रतीत होते हैं।
आत्मा—व्यक्तिगत चेतना।
परमात्मा—सर्वव्यापी चेतना।

लेकिन जैसे ही हम अनुभव के स्तर पर उतरते हैं, यह भेद धीरे-धीरे मिटने लगता है।

समुद्र और लहर का उदाहरण यहाँ बहुत गहरा है।

लहर को देखो—वह अलग दिखाई देती है, उसका एक रूप है, एक सीमा है। वह कह सकती है—"मैं अलग हूँ।" लेकिन क्या वास्तव में वह समुद्र से अलग है?

लहर समुद्र से उत्पन्न होती है,
समुद्र में ही रहती है,
और अंततः समुद्र में ही विलीन हो जाती है।

उसका कोई अलग अस्तित्व नहीं है।
उसी प्रकार, आत्मा भी परमात्मा से अलग नहीं है।

आत्मा वही चेतना है, जो एक शरीर और मन के माध्यम से प्रकट हो रही है। परमात्मा वही चेतना है, जो संपूर्ण अस्तित्व में फैली हुई है।

अंतर केवल दृष्टिकोण का है,
सत्य का नहीं।

जब चेतना सीमित पहचान के साथ जुड़ जाती है—“मैं यह शरीर हूँ, यह मन हूँ”—तो उसे आत्मा कहा जाता है।
और जब वही चेतना अपनी सीमाओं से परे देखी जाती है, तो वही परमात्मा बन जाती है।

इसलिए यह कहना कि आत्मा और परमात्मा अलग हैं, अधूरा सत्य है।
और यह कहना कि वे पूरी तरह एक हैं, यह भी केवल शब्दों का खेल है।

सच्चाई इन दोनों के पार है।

जब तक “मैं” की भावना है,
तब तक आत्मा का अनुभव होता है—एक व्यक्तिगत उपस्थिति के रूप में।

लेकिन जैसे ही यह “मैं” शांत होता है,
वैसे ही यह व्यक्तिगतता भी समाप्त हो जाती है।

तब कोई “आत्मा” अलग से नहीं बचती,
केवल परमात्मा रह जाता है।

और उस अवस्था में,
यह कहना भी सही नहीं होता कि “मैं परमात्मा हूँ”—

क्योंकि वहाँ “मैं” ही नहीं बचता।
वह एक ऐसी स्थिति है, जहाँ न कोई नाम है,
न कोई पहचान,
न कोई विभाजन।

केवल एक ही चेतना है—
अखंड, अनंत, और पूर्ण।
यह अनुभव बुद्धि से समझ में नहीं आता,
क्योंकि बुद्धि हमेशा विभाजन करती है।
वह चीज़ों को अलग-अलग करके देखती है।
लेकिन यह सत्य विभाजन के पार है।
इसे केवल तब जाना जा सकता है,
जब मन पूरी तरह शांत हो जाए,
और देखने वाला भी गायब हो जाए।
तब यह स्पष्ट हो जाता है कि—
कभी कोई दूरी थी ही नहीं,
कभी कोई अलगाव था ही नहीं।
आत्मा और परमात्मा दो नहीं थे,
केवल एक ही थे—
और वही एक,
हर रूप में खेल रहा था।
इस समझ के बाद,
खोज समाप्त हो जाती है।
क्योंकि अब कुछ पाने को नहीं बचता,
कुछ बनने को नहीं बचता—
केवल वही होना बचता है,
जो हमेशा से था।
और वही होना—
शून्य में पूर्णता का अनुभव है।

खंड 16

चेतना का विस्तार

जब आत्मा और परमात्मा की एकता का बोध होने लगता है, तब एक नया अनुभव धीरे-धीरे प्रकट होता है—चेतना का विस्तार।

यह विस्तार किसी भौतिक फैलाव जैसा नहीं है, जहाँ कुछ बाहर की ओर बढ़ता है। यह भीतर की सीमाओं के टूटने जैसा है। वह सीमाएँ, जो हमने अपने बारे में बना ली थीं—"मैं यहाँ तक हूँ", "मैं इतना ही हूँ"—वे धीरे-धीरे गिरने लगती हैं।

अब तक तुमने अपने आप को एक शरीर, एक नाम, एक पहचान तक सीमित रखा था। तुम्हें लगता था कि तुम्हारी चेतना केवल तुम्हारे भीतर ही है। लेकिन जब जागरूकता गहराती है, तो यह अनुभव बदलने लगता है।

तुम देखते हो कि चेतना किसी एक स्थान में बंधी हुई नहीं है।

वह केवल तुम्हारे भीतर नहीं है—
वह हर जगह है।

शुरुआत में यह केवल एक समझ होती है, एक विचार की तरह।
लेकिन धीरे-धीरे, यह अनुभव बन जाती है।

जब तुम शांत बैठते हो, और पूरी सजगता से उपस्थित होते हो, तो तुम्हें महसूस होता है कि तुम केवल अपने शरीर तक सीमित नहीं हो। तुम्हारी उपस्थिति कमरे में फैल रही है, फिर उससे भी आगे।

यह कोई कल्पना नहीं है,
यह एक जीवंत अनुभव है।

तुम पेड़ों को देखते हो, और महसूस करते हो कि वे तुमसे अलग नहीं हैं।
तुम आकाश को देखते हो, और उसमें एक गहरा जुड़ाव महसूस करते हो।

जैसे सब कुछ एक ही चेतना के अलग-अलग रूप हैं।

यह अनुभव शब्दों में अजीब लग सकता है, लेकिन जब यह भीतर घटता है, तो यह पूरी तरह स्वाभाविक लगता है।

चेतना का विस्तार वास्तव में "कुछ नया बनने" की प्रक्रिया नहीं है,
बल्कि "जो सीमाएँ थीं, उनके गिरने" की प्रक्रिया है।

जैसे एक बर्तन में रखा पानी खुद को बर्तन तक सीमित समझता है।
लेकिन जैसे ही बर्तन टूटता है,
वह समझता है कि वह तो हमेशा से ही महासागर का हिस्सा था।

ठीक वैसे ही,
जब "मैं" की सीमाएँ टूटती हैं,
तो चेतना अपने वास्तविक स्वरूप में प्रकट होती है—असीम।

इस विस्तार के साथ एक गहरी शांति आती है।

अब कोई डर नहीं रहता, क्योंकि डर हमेशा सीमाओं से पैदा होता है।
जब तुम खुद को सीमित मानते हो, तभी तुम्हें खोने का भय होता है।

लेकिन जब यह अनुभव होता है कि तुम अनंत हो,
तो खोने के लिए कुछ भी नहीं बचता।

इसी के साथ, एक गहरा प्रेम भी प्रकट होता है।

यह प्रेम किसी एक व्यक्ति या वस्तु के लिए नहीं होता।
यह एक सार्वभौमिक भावना होती है—जो हर चीज़ के प्रति बहती है।

तुम बिना किसी कारण के प्रेम में होते हो।
तुम्हें किसी से कुछ पाने की जरूरत नहीं होती,
फिर भी तुम पूर्ण होते हो।

चेतना का यह विस्तार जीवन को पूरी तरह बदल देता है।

अब तुम दुनिया को अलग नजर से देखते हो।
जहाँ पहले विभाजन दिखता था, अब एकता दिखती है।
जहाँ पहले संघर्ष था, अब सहजता है।

लेकिन यहाँ भी एक सूक्ष्म खतरा है।

मन इस अनुभव को पकड़ने की कोशिश करता है।
वह कहता है—"मैंने चेतना का विस्तार अनुभव किया है।"
और फिर वही "मैं" वापस आ जाता है।

इसलिए यह समझ जरूरी है कि चेतना का विस्तार कोई उपलब्धि नहीं है।
यह कोई ऐसी चीज़ नहीं है, जिसे तुम पकड़कर रख सको।

यह एक स्वाभाविक अवस्था है,
जो तब प्रकट होती है,
जब तुम कुछ पकड़ना बंद कर देते हो।

जब तुम पूरी तरह खाली हो जाते हो—
बिना किसी पहचान के,
बिना किसी अपेक्षा के—

तब चेतना अपने आप फैल जाती है।

और उस विस्तार में,
तुम पाते हो कि तुम कहीं नहीं हो,
फिर भी हर जगह हो।

तुम कुछ भी नहीं हो,
फिर भी सब कुछ हो।

और यही विरोधाभास—

वास्तव में,
सबसे बड़ा सत्य है।

यहीं से शून्य का अनुभव और भी गहरा हो जाता है—
क्योंकि अब शून्य खालीपन नहीं लगता,

बल्कि एक असीम पूर्णता की तरह प्रकट होता है।

5

ऊर्जा और कुंडलिनी

इस भाग में ऊर्जा और कुंडलिनी का रहस्य बताया गया है। ऊर्जा ही अस्तित्व का आधार है। कुंडलिनी शक्ति जागरण से चेतना का विस्तार होता है। चक्र ऊर्जा केंद्र हैं जो साधना में सहायक हैं। तीसरी आँख (थर्ड आई) जागरण से गहरी अंतर्दृष्टि मिलती है। यह भाग साधना के ऊर्जात्मक पक्ष को खोलता है।

खंड 17

ऊर्जा का विज्ञान

अब तक की यात्रा में हमने चेतना, आत्मा और परमात्मा की गहराइयों को समझा।
अब हम एक ऐसे पहलू की ओर बढ़ते हैं, जो अदृश्य होते हुए भी हर अनुभव का आधार है—ऊर्जा।

जो कुछ भी इस अस्तित्व में है, वह ऊर्जा का ही एक रूप है।

तुम्हारा शरीर,
तुम्हारा मन,
तुम्हारे विचार,
यह पूरी सृष्टि—
सब कुछ ऊर्जा के विभिन्न रूप हैं।

विज्ञान भी यही कहता है कि पदार्थ और ऊर्जा अलग नहीं हैं।
जो हमें ठोस दिखाई देता है, वह भी सूक्ष्म स्तर पर ऊर्जा का ही कंपन है।

लेकिन अध्यात्म इस सत्य को केवल समझता नहीं,
बल्कि अनुभव करता है।

जब तुम अपने भीतर गहराई से जाते हो,
तो तुम महसूस करते हो कि तुम्हारे शरीर में एक प्रवाह है—एक सूक्ष्म गति, जो लगातार चल रही है।

सांस का आना-जाना,
हृदय की धड़कन,
नाड़ियों में बहता हुआ जीवन—

यह सब ऊर्जा के ही संकेत हैं।

लेकिन यह केवल भौतिक स्तर तक सीमित नहीं है।

तुमने कभी महसूस किया होगा—
कभी अचानक बहुत हल्का महसूस होता है,
कभी बिना कारण भारीपन आ जाता है,
कभी उत्साह उमड़ता है,
कभी ऊर्जा बिल्कुल गिर जाती है।

यह सब केवल मनोवैज्ञानिक नहीं है,
बल्कि ऊर्जा के उतार-चढ़ाव का परिणाम है।

अध्यात्म में इस ऊर्जा को “प्राण” कहा गया है।

प्राण वह जीवन शक्ति है,
जो तुम्हें जीवित रखती है।

जब प्राण का प्रवाह संतुलित होता है,
तो शरीर स्वस्थ रहता है,
मन शांत रहता है,
और चेतना स्पष्ट होती है।

लेकिन जब यह प्रवाह बाधित होता है,
तो असंतुलन पैदा होता है—

शारीरिक रूप में बीमारी,
मानसिक रूप में अशांति,
और आध्यात्मिक रूप में अज्ञान।

इस ऊर्जा का एक और महत्वपूर्ण पहलू है—यह जहाँ ध्यान जाता है, वहीं बहने लगती है।

यदि तुम्हारा ध्यान लगातार भय, चिंता और नकारात्मकता पर है,
तो तुम्हारी ऊर्जा भी उसी दिशा में बहने लगती है।

और यदि तुम्हारा ध्यान शांति, जागरूकता और मौन पर है,
तो ऊर्जा भी उसी दिशा में परिवर्तित होने लगती है।

इसलिए ध्यान केवल मानसिक अभ्यास नहीं है,
यह ऊर्जा को रूपांतरित करने की प्रक्रिया है।

अब प्रश्न उठता है—क्या हम इस ऊर्जा को नियंत्रित कर सकते हैं?

सीधे-सीधे "नियंत्रण" संभव नहीं है,
लेकिन हम इसे समझकर और संतुलित करके इसके साथ सामंजस्य बना सकते हैं।

सांस इसका सबसे सरल द्वार है।

जब तुम अपनी सांस पर ध्यान देते हो,
तो तुम धीरे-धीरे अपने भीतर के ऊर्जा प्रवाह से जुड़ने लगते हो।

धीमी, गहरी और सजग सांस
ऊर्जा को संतुलित करती है।

इसी प्रकार, ध्यान, मौन, और जागरूकता
ऊर्जा को शुद्ध और स्थिर बनाते हैं।

लेकिन ऊर्जा का विज्ञान केवल संतुलन तक ही सीमित नहीं है।
इसमें एक और गहरी संभावना छिपी है—जागरण।

जब यह ऊर्जा पूरी तरह सक्रिय होती है,
तो यह व्यक्ति को एक बिल्कुल नए स्तर पर ले जाती है।

यही वह स्थान है,
जहाँ कुंडलिनी की बात आती है।

लेकिन यहाँ सावधानी जरूरी है।
ऊर्जा के साथ खेल कोई साधारण बात नहीं है।
यदि इसे समझे बिना, केवल जिज्ञासा या अहंकार के कारण इसके साथ छेड़छाड़ की जाए,
तो यह असंतुलन भी पैदा कर सकता है।

इसलिए पहला कदम हमेशा यही होना चाहिए—
ऊर्जा को समझना,
उसे संतुलित करना,
और उसके साथ एक सहज संबंध बनाना।

जब यह आधार मजबूत हो जाता है,
तभी आगे की गहराइयों में उतरना सुरक्षित होता है।

अंततः, ऊर्जा कोई अलग चीज़ नहीं है—
वह तुम्हारे अस्तित्व का ही एक पहलू है।

तुम उसे खोज नहीं रहे,
तुम उसी से बने हो।

बस फर्क इतना है—
अब तक तुम अनजाने में उसके साथ जी रहे थे,
अब तुम उसे जागरूक होकर जीने लगते हो।

और यही जागरूकता—

ऊर्जा को एक साधारण प्रक्रिया से
एक आध्यात्मिक द्वार में बदल देती है।

खंड 18

कुंडलिनी क्या है?

ऊर्जा के विज्ञान को समझने के बाद, अब हम एक ऐसे विषय की ओर बढ़ते हैं, जिसे लेकर सबसे अधिक जिज्ञासा, आकर्षण और भ्रम है—कुंडलिनी।

कुंडलिनी को अक्सर एक रहस्यमयी, शक्तिशाली और चमत्कारी ऊर्जा के रूप में प्रस्तुत किया जाता है। लोग इसके बारे में सुनते हैं और तुरंत इसे जागृत करने की इच्छा करने लगते हैं। उन्हें लगता है कि यह कोई विशेष शक्ति है, जिसे पाने से जीवन पूरी तरह बदल जाएगा।

लेकिन सच्चाई इससे कहीं अधिक सूक्ष्म और गहरी है।

कुंडलिनी कोई बाहरी शक्ति नहीं है,
न ही यह कोई ऐसी चीज़ है, जो तुम्हारे भीतर कहीं छुपी हुई है और जिसे "जागृत" करना है।

कुंडलिनी वही जीवन ऊर्जा है,
जो हमेशा से तुम्हारे भीतर प्रवाहित हो रही है।

फर्क केवल इतना है कि सामान्य अवस्था में यह ऊर्जा सीमित रूप से कार्य करती है—शरीर और मन के स्तर तक। लेकिन जब यह पूरी तरह जागृत होती है, तो यह चेतना को एक नए आयाम में ले जाती है।

"कुंडलिनी" शब्द का अर्थ ही है—कुंडली मारकर बैठी हुई ऊर्जा।

यह प्रतीकात्मक भाषा है, जो यह दर्शाती है कि यह ऊर्जा अपनी पूर्ण क्षमता में अभी सक्रिय नहीं है। वह जैसे एक संभावनाओं के रूप में मौजूद है—जागने की प्रतीक्षा में।

परंतु यहाँ सबसे महत्वपूर्ण बात समझनी जरूरी है—

कुंडलिनी को "जागृत" करने की कोशिश करना,
अक्सर सबसे बड़ी गलती होती है।

क्योंकि यह कोई यांत्रिक प्रक्रिया नहीं है, जिसे किसी तकनीक से तुरंत चालू किया जा सके। यह एक स्वाभाविक प्रक्रिया है, जो तब घटित होती है, जब व्यक्ति पूरी तरह संतुलित, शुद्ध और जागरूक हो जाता है।

जब शरीर संतुलित हो,
जब मन शांत हो,
जब अहंकार की पकड़ ढीली हो—
तब यह ऊर्जा अपने आप ऊपर उठने लगती है।

कुंडलिनी का जागरण कोई अचानक होने वाला विस्फोट नहीं है, जैसा फिल्मों या कहानियों में दिखाया जाता है। यह एक धीमी, गहरी और क्रमिक प्रक्रिया है।

कभी-कभी यह बहुत सूक्ष्म रूप में प्रकट होती है—
जैसे शरीर में हल्का कंपन,
रीढ़ में गर्माहट,
या एक अजीब सी शांति और जागरूकता।

और कभी-कभी यह बहुत तीव्र भी हो सकती है—
लेकिन यह व्यक्ति की तैयारी पर निर्भर करता है।

कुंडलिनी का वास्तविक उद्‌देश्य कोई "शक्ति" देना नहीं है,
बल्कि चेतना को उसके उच्चतम स्तर तक ले जाना है।

यह ऊर्जा जैसे-जैसे ऊपर उठती है,
वैसे-वैसे व्यक्ति की समझ, अनुभव और जागरूकता भी बदलती जाती है।

लेकिन यहाँ एक बहुत बड़ा भ्रम है—

लोग कुंडलिनी को अनुभवों के साथ जोड़ लेते हैं।

उन्हें लगता है कि यदि उन्हें कुछ असाधारण अनुभव हो रहे हैं—जैसे प्रकाश दिखना, ध्वनि सुनाई देना, या शरीर में अजीब संवेदनाएँ—तो उनकी कुंडलिनी जागृत हो गई है।

लेकिन ये सब केवल प्रक्रिया के संकेत हो सकते हैं,
सत्य नहीं।

यदि व्यक्ति इन अनुभवों में उलझ जाता है,
तो वह आगे नहीं बढ़ पाता।

कुंडलिनी का मार्ग अनुभवों का संग्रह नहीं है,
बल्कि अनुभवों के पार जाने का मार्ग है।

यह ऊर्जा तुम्हें अंततः उसी शून्य की ओर ले जाती है,
जहाँ कोई अनुभव नहीं बचता—
केवल शुद्‌ध चेतना।

इसलिए कुंडलिनी को समझने का सही तरीका यह नहीं है कि तुम उसे "जागृत" करने की कोशिश करो,

बल्कि यह है कि तुम अपने आप को तैयार करो।
अपने शरीर को संतुलित करो,
अपने मन को शांत करो,
अपने भीतर जागरूकता को बढ़ाओ।
जब यह सब स्वाभाविक रूप से होता है,
तो कुंडलिनी अपने आप जागृत हो जाती है—
बिना किसी प्रयास के।
और जब यह जागरण पूर्ण होता है,
तो व्यक्ति यह नहीं कहता कि "मेरी कुंडलिनी जाग गई"—
बल्कि वह देखता है कि
कोई अलग "मैं" था ही नहीं,
जो जागता या सोता।
केवल चेतना थी,
जो अब अपने पूर्ण स्वरूप में प्रकट हो रही है।
और वही पूर्णता—
शून्य की ओर
एक और गहरा कदम है।

खंड 19

चक्रों का रहस्य

कुंडलिनी की चर्चा के साथ ही एक और महत्वपूर्ण विषय सामने आता है—चक्र।

अक्सर चक्रों को शरीर के भीतर स्थित ऊर्जा केंद्रों के रूप में बताया जाता है। लोग इनके बारे में पढ़ते हैं, इनके रंग, स्थान और शक्तियों के बारे में जानते हैं, और फिर उन्हें "एक्टिवेट" करने की कोशिश करने लगते हैं।

लेकिन चक्रों को केवल एक तकनीकी या रहस्यमयी प्रणाली के रूप में समझना अधूरा है।

चक्र वास्तव में ऊर्जा के ऐसे बिंदु हैं, जहाँ चेतना और शरीर का मिलन होता है।
ये कोई भौतिक अंग नहीं हैं, जिन्हें देखा या छुआ जा सके।
ये सूक्ष्म स्तर पर कार्य करने वाले केंद्र हैं, जो तुम्हारे अनुभव, भावनाओं और मानसिक स्थिति को प्रभावित करते हैं।

परंपरागत रूप से सात मुख्य चक्रों की बात की जाती है—
रीढ़ की जड़ से लेकर सिर के शीर्ष तक।

मूलाधार, स्वाधिष्ठान, मणिपुर, अनाहत, विशुद्ध, आज्ञा, और सहस्रार—
ये केवल नाम हैं, संकेत हैं, ताकि हम इस सूक्ष्म प्रक्रिया को समझ सकें।

हर चक्र एक विशेष प्रकार की ऊर्जा और चेतना से जुड़ा होता है।

मूलाधार—अस्तित्व और सुरक्षा से जुड़ा है।
स्वाधिष्ठान—भावनाओं और इच्छाओं से।
मणिपुर—शक्ति और नियंत्रण से।
अनाहत—प्रेम और करुणा से।
विशुद्ध—अभिव्यक्ति और सत्य से।
आज्ञा—बुद्धि और अंतर्दृष्टि से।
सहस्रार—पूर्णता और एकता से।

लेकिन यह समझना जरूरी है कि ये अलग-अलग "चीज़ें" नहीं हैं।
यह एक ही ऊर्जा के अलग-अलग स्तर हैं।

जैसे-जैसे चेतना विकसित होती है,
ऊर्जा इन चक्रों के माध्यम से ऊपर की ओर प्रवाहित होती है।

लेकिन यहाँ एक आम गलती होती है—

लोग चक्रों को “खोलने” या “सक्रिय करने” की कोशिश करते हैं,
जैसे यह कोई बटन हो जिसे दबाने से कुछ विशेष हो जाएगा।

यह दृष्टिकोण गलत दिशा में ले जा सकता है।

चक्रों का संतुलन किसी तकनीक से नहीं,
बल्कि जीवन के संतुलन से आता है।

यदि तुम्हारे भीतर भय है,
तो मूलाधार असंतुलित होगा।

यदि तुम भावनाओं में उलझे हो,
तो स्वाधिष्ठान प्रभावित होगा।

यदि तुम नियंत्रण और अहंकार में जी रहे हो,
तो मणिपुर असंतुलित होगा।

इसलिए चक्रों को ठीक करने का वास्तविक तरीका यह नहीं है कि तुम उन पर “काम” करो,
बल्कि यह है कि तुम अपने जीवन को समझो।

जैसे-जैसे तुम जागरूक होते हो,
तुम्हारे भीतर के भ्रम, भय और तनाव धीरे-धीरे समाप्त होने लगते हैं।

और जब ये बाधाएँ हटती हैं,
तो ऊर्जा अपने आप संतुलित हो जाती है।

चक्रों का वास्तविक उद्देश्य कोई शक्ति देना नहीं है,
बल्कि चेतना के विकास को दर्शाना है।

यह एक मानचित्र है—
जिससे तुम समझ सकते हो कि तुम कहाँ हो,
और किस दिशा में जा रहे हो।

लेकिन यह अंतिम सत्य नहीं है।

क्योंकि अंततः,
चक्र भी एक प्रणाली है—

और हर प्रणाली की एक सीमा होती है।

जब चेतना पूरी तरह विकसित हो जाती है,
तो यह सभी चक्रों के पार चली जाती है।

तब ऊर्जा किसी एक केंद्र में सीमित नहीं रहती,
वह हर जगह स्वतंत्र रूप से बहती है।

और उस अवस्था में,
चक्रों का कोई विशेष महत्व नहीं रह जाता।
वे केवल एक मार्ग थे,
जिससे होकर तुम गुजरे।
अंततः,
ऊर्जा, चक्र, कुंडलिनी—
ये सब केवल साधन हैं।
मंजिल नहीं।
मंजिल तो वही है—
जहाँ कोई केंद्र नहीं बचता,
कोई प्रवाह नहीं बचता—
केवल शुद्ध, असीम शून्य।
और उसी शून्य में,
सभी चक्र विलीन हो जाते हैं।

खंड 20

तीसरी आँख सक्रियण (थर्ड आई एक्टिवेशन) का सत्य

आध्यात्मिक यात्रा में "थर्ड आई" या तीसरी आँख का नाम आते ही एक विशेष प्रकार की जिज्ञासा और आकर्षण पैदा हो जाता है। ऐसा लगता है मानो यह कोई गुप्त द्वार है, जिसे एक बार खोल दिया जाए तो जीवन पूरी तरह बदल जाएगा। बहुत से लोग इसे किसी चमत्कारी शक्ति के रूप में देखते हैं—ऐसी शक्ति, जो उन्हें सामान्य मनुष्यों से अलग और विशेष बना दे।

लेकिन सत्य हमेशा सरल होता है, और अक्सर हमारी कल्पनाओं से बिल्कुल अलग।

तीसरी आँख का वास्तविक अर्थ समझने के लिए सबसे पहले यह समझना जरूरी है कि यह कोई भौतिक अंग नहीं है। यह कोई ऐसी आँख नहीं है, जो माथे के बीच में खुल जाए और तुम्हें कोई अलौकिक दृश्य दिखाने लगे। यह एक प्रतीक है—एक ऐसी चेतना का, एक ऐसी दृष्टि का, जो सामान्य देखने से कहीं अधिक गहरी और स्पष्ट होती है।

हमारी दो आँखें केवल बाहर की दुनिया को देखती हैं। वे आकार, रंग, गति और रूप को पहचानती हैं। वे संसार को उसी तरह दिखाती हैं, जैसा वह दिखाई देता है। लेकिन वे कभी यह नहीं दिखातीं कि वास्तव में चीज़ें हैं क्या। वे केवल सतह को पकड़ती हैं, गहराई को नहीं।

तीसरी आँख भीतर की ओर खुलती है।

यह वह दृष्टि है, जिससे व्यक्ति अपने विचारों को देख सकता है, अपनी भावनाओं को समझ सकता है, अपने भीतर उठने वाली हर हलचल को बिना किसी भ्रम के पहचान सकता है। यह देखने का एक ऐसा स्तर है, जहाँ व्यक्ति केवल अनुभवों में खोता नहीं, बल्कि उन्हें देखता भी है।

जब यह दृष्टि धीरे-धीरे विकसित होती है, तो व्यक्ति को यह एहसास होने लगता है कि वह अब तक केवल बाहर ही बाहर भटकता रहा। उसने पूरी दुनिया को देखने की कोशिश की, लेकिन कभी अपने भीतर देखने का साहस नहीं किया।

और यही भीतर की ओर मुड़ना—
वास्तव में तीसरी आँख का खुलना है।

लेकिन यहाँ सबसे बड़ा भ्रम यही है कि लोग इसे "एक्टिवेशन" के रूप में देखते हैं। उन्हें लगता है कि कोई विशेष तकनीक, कोई मंत्र, या कोई गुप्त प्रक्रिया होगी, जिससे यह आँख अचानक खुल जाएगी और सब कुछ बदल जाएगा।

सच्चाई यह है कि तीसरी आँख को खोला नहीं जाता,
बल्कि उसे ढकने वाले परदे हटाए जाते हैं।

ये परदे बहुत सूक्ष्म होते हैं—अज्ञान, अहंकार, भय, इच्छाएँ, और सबसे महत्वपूर्ण, लगातार चलने वाला विचारों का शोर। ये सब मिलकर एक ऐसा पर्दा बना देते हैं, जिसके कारण व्यक्ति स्पष्ट रूप से नहीं देख पाता।

जब मन लगातार बोलता रहता है, तो देखने की क्षमता कमजोर हो जाती है। व्यक्ति हर चीज़ को अपने विचारों, अपने विश्वासों और अपने अनुभवों के चश्मे से देखने लगता है। वह वास्तविकता को नहीं देखता, बल्कि अपनी बनाई हुई कहानी को देखता है।

लेकिन जैसे-जैसे जागरूकता बढ़ती है, यह स्थिति बदलने लगती है।

जब तुम अपने विचारों को देखना शुरू करते हो,
बिना उनसे जुड़ने के,
बिना उन्हें सही या गलत ठहराए—

तब एक नई दृष्टि जन्म लेती है।

यह दृष्टि धीरे-धीरे तुम्हें तुम्हारे भीतर ले जाती है।
तुम देखते हो कि विचार कैसे आते हैं,
भावनाएँ कैसे उठती हैं,
और कैसे तुम बिना जाने ही उनसे जुड़ जाते हो।

यह देखना ही तीसरी आँख की शुरुआत है।

यह कोई अचानक होने वाली घटना नहीं है, बल्कि एक धीमी और गहरी प्रक्रिया है। इसमें समय लगता है, धैर्य लगता है, और सबसे ज्यादा—ईमानदारी चाहिए।

क्योंकि अपने भीतर देखना आसान नहीं होता।

जब तुम सच में अपने भीतर देखते हो, तो तुम्हें अपने डर दिखाई देते हैं, अपनी कमजोरियाँ दिखाई देती हैं, अपने झूठ दिखाई देते हैं। और अधिकांश लोग इन्हीं चीज़ों से बचना चाहते हैं। वे बाहर की दुनिया में उलझे रहना पसंद करते हैं, क्योंकि वहाँ उन्हें अपने आप से सामना नहीं करना पड़ता।

लेकिन जो व्यक्ति इस देखने का साहस करता है,
वह धीरे-धीरे उन परदों को हटाने लगता है।

और जैसे-जैसे ये परदे हटते हैं,
वैसे-वैसे दृष्टि स्पष्ट होती जाती है।

अक्सर लोग तीसरी आँख के साथ कई तरह के अनुभवों को जोड़ लेते हैं—जैसे प्रकाश दिखना, अजीब ध्वनियाँ सुनाई देना, शरीर में कंपन होना, या किसी प्रकार की ऊर्जा का प्रवाह महसूस होना।

ये अनुभव हो सकते हैं,
लेकिन ये लक्ष्य नहीं हैं।

यदि व्यक्ति इन अनुभवों को ही अंतिम सत्य मान लेता है,
तो वह उसी जगह अटक जाता है।

तीसरी आँख का असली अर्थ है—
सत्य को वैसे देख पाना, जैसा वह है।

बिना किसी विकार के,
बिना किसी कल्पना के,
बिना किसी मानसिक हस्तक्षेप के।

जब यह दृष्टि पूरी तरह विकसित हो जाती है,
तो व्यक्ति केवल दुनिया को नहीं देखता,
बल्कि अपने देखने के तरीके को भी देखता है।

वह समझता है कि उसकी हर प्रतिक्रिया कैसे उत्पन्न होती है,
उसके हर निर्णय के पीछे क्या कारण हैं,
और उसका "मैं" कैसे हर चीज़ में हस्तक्षेप करता है।

इस समझ के साथ एक गहरी स्वतंत्रता आती है।

अब वह हर विचार के साथ नहीं बहता,
हर भावना के साथ नहीं उलझता।

वह केवल देखता है—
और इस देखने में ही एक गहरी शांति होती है।

यही तीसरी आँख का वास्तविक जागरण है।

यह कोई शक्ति नहीं है,
यह कोई विशेष उपलब्धि नहीं है,
यह केवल एक शुद्ध, स्पष्ट और जागृत दृष्टि है।

और जब यह दृष्टि पूर्ण हो जाती है,
तो धीरे-धीरे देखने वाला भी विलीन होने लगता है।
क्योंकि जब सब कुछ स्पष्ट दिखने लगता है,
तो "मैं" के भ्रम की कोई जरूरत नहीं रह जाती।
और जहाँ "मैं" समाप्त होता है,
वहीं से शून्य प्रकट होता है।
वह शून्य,
जो खाली नहीं है—
बल्कि हर सत्य का आधार है।

मनीष शर्मा

6

साधनाएं

यह सबसे व्यावहारिक भाग है। इसमें शून्य ध्यान, साक्षी भाव साधना, समर्पण और मौन की भाषा का वर्णन है। वर्तमान क्षण में रहना ही शून्य का अनुभव है। मृत्यु केवल भ्रम है, असली सत्य शाश्वत है। अंततः शून्य में विश्राम ही पूर्णता है। यह भाग साधना के मार्ग को स्पष्ट करता है।

खंड 21

शून्य ध्यान

जब तक अध्यात्म केवल समझ में रहता है, तब तक वह अधूरा रहता है। असली परिवर्तन तब शुरू होता है, जब समझ अनुभव में बदलती है, और अनुभव जीवन का हिस्सा बन जाता है। “शून्य ध्यान” उसी परिवर्तन का मार्ग है—एक ऐसी साधना, जो तुम्हें सीधे तुम्हारे मूल में ले जाती है, बिना किसी जटिल तकनीक, बिना किसी विशेष विश्वास, और बिना किसी कृत्रिम प्रयास के। सामान्यतः ध्यान को एक क्रिया के रूप में देखा जाता है—कुछ करने की प्रक्रिया, किसी अवस्था को पाने का प्रयास। लेकिन शून्य ध्यान इससे बिल्कुल अलग है। यह “कुछ करने” का मार्ग नहीं है, बल्कि “सब कुछ छोड़ने” का मार्ग है।

शून्य ध्यान का पहला और सबसे महत्वपूर्ण पहलू है—रुकना। जीवन में हम लगातार कुछ न कुछ करते रहते हैं। शरीर सक्रिय है, मन सक्रिय है, विचार लगातार चल रहे हैं। इस निरंतर गति में हम कभी यह नहीं देख पाते कि हमारे भीतर क्या चल रहा है। इसलिए शून्य ध्यान की शुरुआत केवल रुकने से होती है। किसी शांत स्थान पर बैठो, शरीर को स्थिर होने दो, और कुछ भी करने की कोशिश मत करो। न श्वास को नियंत्रित करना है, न मन को शांत करना है, न कोई मंत्र दोहराना है। केवल बैठना है—जैसे हो, वैसे।

शुरुआत में यह बहुत सरल लगता है, लेकिन जैसे ही तुम बैठते हो, तुम्हें महसूस होगा कि मन शांत नहीं है। विचार तेजी से आने लगते हैं, शरीर में हलचल होती है, बेचैनी बढ़ती है। यही वह क्षण है, जहाँ अधिकांश लोग हार मान लेते हैं, क्योंकि उन्हें लगता है कि वे ध्यान नहीं कर पा रहे। लेकिन सच्चाई यह है कि यही ध्यान की शुरुआत है। अब तक जो कुछ भीतर चल रहा था, वह अब तुम्हारे सामने आ रहा है।

शून्य ध्यान में कोई विरोध नहीं है। विचार आ रहे हैं—आने दो। भावनाएँ उठ रही हैं—उठने दो। शरीर हिलना चाहता है—हिलने दो। तुम केवल साक्षी बने रहो। न कुछ रोकना है, न कुछ पकड़ना है। धीरे-धीरे, इस देखने में एक गहराई आने

लगती है। पहले तुम विचारों के साथ बह जाते थे, लेकिन अब तुम उन्हें देख पा रहे हो। यह छोटा सा अंतर ही बहुत बड़ा परिवर्तन है।

जैसे-जैसे यह देखने की क्षमता बढ़ती है, विचारों की गति अपने आप धीमी होने लगती है। तुम उन्हें रोक नहीं रहे, फिर भी वे कम होने लगते हैं। क्योंकि उनकी ऊर्जा तुम्हारे जुड़ाव से आती थी, और अब तुम जुड़ नहीं रहे हो। इसी के साथ, भीतर एक खालीपन प्रकट होने लगता है। यह खालीपन डरावना भी लग सकता है, क्योंकि हम हमेशा कुछ न कुछ होने के आदी हैं। लेकिन यही खालीपन वास्तव में शून्य का द्वार है।

इस अवस्था में व्यक्ति को ऐसा लगता है कि वह कुछ खो रहा है—अपने विचार, अपनी पहचान, अपनी पकड़। लेकिन वास्तव में वह कुछ खो नहीं रहा, बल्कि वह उन चीज़ों से मुक्त हो रहा है, जो कभी उसकी थीं ही नहीं। धीरे-धीरे यह खालीपन एक गहरी शांति में बदलने लगता है। अब यह खाली नहीं लगता, बल्कि पूर्ण लगता है—एक ऐसी पूर्णता, जिसमें किसी चीज़ की कमी नहीं है।

शून्य ध्यान का कोई लक्ष्य नहीं है। यदि तुम इसे किसी लक्ष्य के साथ करते हो—जैसे शांति पाना, अनुभव करना, या कुछ विशेष हासिल करना—तो तुम फिर से मन के जाल में फँस जाओगे। शून्य ध्यान का सार यही है कि तुम बिना किसी अपेक्षा के बैठो। जो भी हो रहा है, उसे होने दो। यह स्वीकार ही धीरे-धीरे तुम्हें उस अवस्था में ले जाता है, जहाँ कुछ भी करने की जरूरत नहीं रह जाती।

समय के साथ, यह ध्यान केवल बैठने तक सीमित नहीं रहता। यह तुम्हारे पूरे जीवन में फैलने लगता है। तुम चलते हुए भी जागरूक रहते हो, बोलते हुए भी, काम करते हुए भी। धीरे-धीरे हर क्रिया में एक साक्षीभाव आ जाता है। और जब यह स्थिर हो जाता है, तो जीवन और ध्यान में कोई अंतर नहीं रहता।

तब तुम समझते हो कि शून्य ध्यान कोई अभ्यास नहीं है, बल्कि एक अवस्था है—एक ऐसा होना, जिसमें कोई प्रयास नहीं है, कोई संघर्ष नहीं है, कोई बनने की कोशिश नहीं है। केवल एक सहज उपस्थिति है।

और उसी उपस्थिति में,
धीरे-धीरे सब कुछ विलीन होने लगता है—

विचार, पहचान, "मैं" की भावना।
और जो अंत में बचता है,
वह कोई अनुभव नहीं,
कोई उपलब्धि नहीं—
केवल शून्य है।
और वही शून्य,
तुम्हारा वास्तविक स्वरूप है।

खंड 22

साक्षी भाव साधना

साधना के मार्ग पर यदि कोई एक ऐसी कुंजी है, जो हर द्वार खोल सकती है, तो वह है—साक्षी भाव। यह कोई तकनीक नहीं है, कोई विशेष क्रिया नहीं है, बल्कि देखने का एक तरीका है, जीने का एक नया आयाम है। सामान्यतः हम जीवन को जीते नहीं, बल्कि उसमें खो जाते हैं। जो भी घटता है, हम उसके साथ बह जाते हैं—विचार आते हैं, तो हम विचार बन जाते हैं; भावनाएँ उठती हैं, तो हम भावना बन जाते हैं; परिस्थितियाँ बदलती हैं, तो हमारी स्थिति भी बदल जाती है। इस पूरे खेल में एक चीज़ लगातार खोई रहती है—देखने वाला, साक्षी।

साक्षी भाव का अर्थ है—हर उस चीज़ को देखना, जो तुम्हारे भीतर और बाहर घट रही है, बिना उसमें उलझे, बिना उसे अपना बनाए। यह सुनने में सरल लगता है, लेकिन वास्तव में यह सबसे गहरी साधना है, क्योंकि इसमें तुम्हें अपने हर स्वचालित पैटर्न को पहचानना पड़ता है। जब कोई तुम्हारी प्रशंसा करता है, तो भीतर जो सुख उठता है, उसे देखना; जब कोई आलोचना करता है, तो भीतर जो प्रतिक्रिया आती है, उसे देखना; जब कोई इच्छा पैदा होती है, तो उसके पीछे भागने के बजाय उसे देखना—यही साक्षी भाव की शुरुआत है।

शुरुआत में यह बहुत कठिन लगता है, क्योंकि हमारा पूरा जीवन "प्रतिक्रिया" पर आधारित है। हमें कुछ सिखाया नहीं गया कि केवल देखना भी संभव है। लेकिन जैसे-जैसे तुम इस अभ्यास को करते हो, एक छोटी सी दूरी बनने लगती है—तुम और तुम्हारे अनुभवों के बीच। पहले यह दूरी बहुत सूक्ष्म होती है, लगभग महसूस भी नहीं होती, लेकिन धीरे-धीरे यह स्पष्ट होने लगती है। अब तुम केवल क्रोध में नहीं होते, बल्कि क्रोध को होते हुए भी देख रहे होते हो; तुम केवल दुखी नहीं होते, बल्कि दुख को महसूस करते हुए भी उसके साक्षी होते हो।

यहीं से एक गहरा परिवर्तन शुरू होता है, क्योंकि जब तुम किसी भी अवस्था के साक्षी बन जाते हो, तो उसकी पकड़ अपने आप ढीली हो जाती है। पहले भावनाएँ तुम्हें नियंत्रित करती थीं, अब वे केवल आती हैं और चली जाती हैं। पहले विचार

तुम्हें घसीटते थे, अब वे केवल गुजरते हुए बादलों की तरह दिखते हैं। इस देखने में कोई प्रयास नहीं है, कोई दबाव नहीं है, केवल एक सजग उपस्थिति है।

लेकिन यहाँ एक सूक्ष्म बात समझनी जरूरी है—साक्षी भाव का मतलब उदासीन होना नहीं है। इसका अर्थ यह नहीं है कि तुम जीवन से कट जाओ, या भावनाहीन हो जाओ। बल्कि इसका अर्थ है कि तुम पूरी तरह उपस्थित रहो, लेकिन भीतर से स्वतंत्र रहो। तुम प्रेम करो, लेकिन उसमें खोओ मत; तुम कार्य करो, लेकिन उससे अपनी पहचान मत बनाओ; तुम जीवन जियो, लेकिन उसमें बंधो मत।

जैसे-जैसे यह साक्षीभाव गहराता है, एक समय ऐसा आता है जब यह केवल एक अभ्यास नहीं रह जाता, बल्कि तुम्हारी स्वाभाविक अवस्था बन जाता है। अब तुम्हें कोशिश नहीं करनी पड़ती, जागरूकता अपने आप बनी रहती है। तुम जो भी कर रहे होते हो, उसमें एक हिस्सा हमेशा देख रहा होता है—शांत, स्थिर, अचल।

और फिर एक और गहरा परिवर्तन होता है। अब केवल विचार, भावनाएँ और क्रियाएँ ही नहीं, बल्कि "मैं" की भावना भी दिखाई देने लगती है। वह "मैं" जो हर चीज़ में कहता था—"मैं कर रहा हूँ", "मैं सोच रहा हूँ", "मेरे साथ हो रहा है"—वह भी एक वस्तु की तरह दिखने लगता है। यह वह क्षण है, जहाँ साधना एक बिल्कुल नए स्तर पर पहुँच जाती है।

जब "मैं" भी देखा जाने लगता है, तो साक्षी और भी शुद्ध हो जाता है। अब कोई केंद्र नहीं बचता, जो पकड़ बना सके। केवल देखना रह जाता है—बिना किसी देखने वाले के। यह सुनने में विरोधाभास लगता है, लेकिन यही साक्षी भाव की पराकाष्ठा है।

इस अवस्था में जीवन पूरी तरह बदल जाता है। अब हर घटना आती है और चली जाती है, लेकिन भीतर कुछ भी नहीं हिलता। एक स्थिरता है, एक शांति है, जो हर परिस्थिति में बनी रहती है। यह शांति किसी प्रयास से नहीं आई, यह देखने के कारण प्रकट हुई है।

अंततः, साक्षी भाव भी एक सीढ़ी है। जब यह पूरी तरह परिपक्व हो जाता है, तो साक्षी और साक्ष्य का भेद भी मिटने लगता है। देखने वाला और देखा जाने वाला—दोनों एक ही चेतना में विलीन हो जाते हैं। वहाँ कोई अलग खड़ा होकर नहीं देख रहा होता, केवल एक ही उपस्थिति होती है, जिसमें सब कुछ घट रहा है।

और उसी अवस्था में,
बिना किसी टूटे हुए प्रवाह के, बिना किसी अलगाव के, बिना किसी "मैं" के हस्तक्षेप के, वही शुद्ध उपस्थिति प्रकट होती है जिसे शब्दों में शून्य कहा जाता है, लेकिन जो वास्तव में न खाली है, न भरा हुआ, बल्कि हर अनुभव का आधार है और हर अनुभव के पार भी मौजूद है।

खंड 23

समर्पण का रहस्य

साधना के मार्ग पर "समर्पण" शब्द बहुत बार सुनने को मिलता है, लेकिन बहुत कम लोग उसके वास्तविक अर्थ को समझ पाते हैं। अधिकतर लोगों के लिए समर्पण का अर्थ होता है—किसी शक्ति के आगे झुक जाना, किसी ईश्वर के सामने हार मान लेना, या अपनी इच्छाओं को दबा देना। लेकिन सच्चा समर्पण इन सब से बिल्कुल अलग है। यह हार नहीं है, यह दासता नहीं है, और यह किसी बाहरी सत्ता के प्रति झुकाव भी नहीं है। समर्पण का वास्तविक अर्थ है—उस झूठे केंद्र को छोड़ देना, जिसे हम "मैं" कहते हैं।

हमारा पूरा जीवन इसी "मैं" के इर्द-गिर्द घूमता है। "मैं चाहता हूँ", "मैं नहीं चाहता", "मेरे साथ ऐसा हुआ", "मुझे ऐसा बनना है"—यह "मैं" हर अनुभव के बीच में खड़ा रहता है और हर चीज़ को अपने अनुसार ढालने की कोशिश करता है। यही "मैं" संघर्ष पैदा करता है, क्योंकि जीवन अपनी ही दिशा में बह रहा होता है, और "मैं" उसे नियंत्रित करना चाहता है। इस टकराव से ही तनाव, भय, चिंता और दुख उत्पन्न होते हैं।

समर्पण का अर्थ है—इस टकराव को समाप्त कर देना। इसका मतलब यह नहीं है कि तुम कुछ करना बंद कर दो, या जीवन से भाग जाओ। इसका अर्थ है कि तुम भीतर से उस नियंत्रण की भावना को छोड़ दो, जो हर चीज़ को अपने हिसाब से चलाना चाहती है। तुम कार्य करते हो, लेकिन परिणाम को पकड़ते नहीं; तुम प्रयास करते हो, लेकिन उसके पीछे अपनी पहचान नहीं जोड़ते, तुम जीवन के साथ चलते हो, उसके खिलाफ नहीं।

शुरुआत में यह बहुत असंभव सा लगता है, क्योंकि हमें बचपन से सिखाया गया है कि जीवन को नियंत्रित करना जरूरी है, अपनी इच्छाओं को पूरा करना जरूरी है, और हर स्थिति को अपने पक्ष में मोड़ना ही सफलता है। लेकिन धीरे-धीरे, जब तुम साक्षी भाव में स्थिर होने लगते हो, तो तुम्हें यह दिखने लगता है कि यह नियंत्रण केवल एक भ्रम है। बहुत सी चीज़ें बिना तुम्हारे प्रयास के भी हो रही

हैं—श्वास अपने आप चल रही है, हृदय अपने आप धड़क रहा है, विचार अपने आप आ रहे हैं। फिर तुम किस चीज़ को नियंत्रित कर रहे हो?

जैसे-जैसे यह समझ गहराती है, समर्पण अपने आप होने लगता है। यह कोई निर्णय नहीं होता, यह कोई प्रयास नहीं होता। यह केवल एक अंतर्दृष्टि का परिणाम होता है। तुम देखते हो कि जो कुछ हो रहा है, वह एक बड़ी व्यवस्था का हिस्सा है, जिसे तुम पूरी तरह समझ भी नहीं सकते। इस समझ के साथ, "मैं" की पकड़ ढीली पड़ने लगती है।

लेकिन यहाँ एक सूक्ष्म खतरा भी है। बहुत बार लोग समर्पण के नाम पर निष्क्रिय हो जाते हैं, जिम्मेदारियों से भागने लगते हैं, या अपने कर्मों को टालने लगते हैं। यह सच्चा समर्पण नहीं है, यह केवल एक भ्रम है। सच्चे समर्पण में जीवन और भी सक्रिय हो जाता है, लेकिन उसमें कोई बोझ नहीं रहता। तुम अपना कार्य पूरी जागरूकता से करते हो, लेकिन भीतर कोई तनाव नहीं होता, क्योंकि तुम जानते हो कि परिणाम तुम्हारे हाथ में नहीं है।

जैसे-जैसे समर्पण गहराता है, एक गहरी शांति प्रकट होने लगती है। अब जीवन में जो भी होता है, उसके प्रति एक स्वीकृति आ जाती है। इसका अर्थ यह नहीं है कि तुम दुख या कठिनाई को पसंद करने लगते हो, बल्कि इसका अर्थ यह है कि तुम उससे लड़ना बंद कर देते हो। और जैसे ही यह संघर्ष समाप्त होता है, भीतर एक हल्कापन आ जाता है।

अंततः, समर्पण तुम्हें उस बिंदु तक ले जाता है, जहाँ "मैं" पूरी तरह विलीन हो जाता है। अब कोई अलग अस्तित्व नहीं बचता, जो जीवन से अलग खड़ा हो। जो कुछ है, वही तुम हो, और तुम उसी में बह रहे हो। यह अवस्था शब्दों में समझाई नहीं जा सकती, क्योंकि यहाँ कोई अलग देखने वाला नहीं बचता।

और इसी पूर्ण समर्पण में, बिना किसी विरोध के, बिना किसी पकड़ के, बिना किसी अलग पहचान के, वही गहरी शांति प्रकट होती है जो न किसी प्रयास से आई है और न ही किसी उपलब्धि का परिणाम है, बल्कि जो हमेशा से मौजूद थी और केवल "मैं" के हटते ही स्वयं प्रकट हो गई।

खंड 24

आत्म-समर्पण साधना

जब साधक अपने भीतर उतरता है, तो उसे धीरे-धीरे यह अनुभव होने लगता है कि उसका छोटा "मैं" केवल एक परत है, एक आभास है। यह "मैं" हर क्षण कुछ पाने की कोशिश करता है, कुछ नियंत्रित करना चाहता है, कुछ साबित करना चाहता है। लेकिन जितना वह पकड़ने की कोशिश करता है, उतना ही वह और उलझता जाता है। आत्म-समर्पण का अर्थ है इस पकड़ को छोड़ देना। यह साधना कोई क्रिया नहीं है, बल्कि एक भाव है—एक मौन स्वीकृति कि सब कुछ उसी अदृश्य शून्य से घट रहा है।

समर्पण में कोई हार नहीं है। यह तो सबसे बड़ी विजय है, क्योंकि यहाँ अहंकार मिट जाता है और शांति जन्म लेती है। जब साधक कहता है—"मैं कुछ नहीं हूँ, सब कुछ उसी का है"—तो वह शून्य के द्वार पर पहुँच जाता है। वहाँ कोई संघर्ष नहीं, कोई प्रश्न नहीं, केवल मौन है। यह मौन ही समर्पण है।

इस साधना में बैठना बहुत सरल है। शांत स्थान पर बैठो, आँखें बंद करो और अपने भीतर यह भाव लाओ कि मैं नियंत्रण नहीं करता, मैं केवल साक्षी हूँ। श्वास को आते-जाते देखो, जैसे वह शून्य से उत्पन्न होकर शून्य में विलीन हो रही हो। विचारों को रोकने की कोशिश मत करो, बस उन्हें जाने दो। धीरे-धीरे मन हल्का होता जाएगा और अंत में केवल मौन बचेगा। वही मौन समर्पण है।

जब यह अनुभव गहराई से उतरता है, तो साधक देखता है कि जीवन की घटनाएँ अब बोझ नहीं लगतीं। वे एक दिव्य प्रवाह का हिस्सा प्रतीत होती हैं। यहाँ कोई भय नहीं, कोई अपेक्षा नहीं—केवल शांति और सहजता है। जैसे नदी समुद्र में मिलकर अपनी अलग पहचान खो देती है, वैसे ही साधक शून्य में मिलकर पूर्णता को प्राप्त करता है। नदी का अंत समुद्र है, और साधक का अंत शून्य है।

समर्पण का अर्थ है अपने छोटे "मैं" को छोड़ देना और उस मौन शक्ति को स्वीकार करना जो सब कुछ चला रही है। यह साधना हमें यह अनुभव कराती है कि हम स्वयं कुछ नहीं करते—सब कुछ उसी अदृश्य शक्ति द्वारा घटित होता है। जब

यह अनुभव गहराई से उतरता है, तो साधक देखता है कि उसका अस्तित्व अलग नहीं है, बल्कि उसी शून्य की अभिव्यक्ति है।

आत्म-समर्पण साधना हमें यह सिखाती है कि जीवन को नियंत्रित करने की आवश्यकता नहीं है। जब हम अपने छोटे "मैं" को छोड़ देते हैं, तब शून्य हमें अपने वास्तविक स्वरूप का अनुभव कराता है। यही समर्पण है, यही मुक्ति है।

खंड 25

मौन की भाषा

मौन को सामान्यतः केवल शब्दों की अनुपस्थिति समझा जाता है, लेकिन अध्यात्म के मार्ग पर मौन का अर्थ इससे कहीं अधिक गहरा और व्यापक है। यह केवल बोलना बंद कर देने की स्थिति नहीं है, बल्कि वह आंतरिक अवस्था है जहाँ विचारों का शोर शांत होने लगता है और चेतना अपनी मूल शांति में विश्राम करने लगती है। जब तक मन में निरंतर संवाद चलता रहता है, तब तक हम वास्तव में कभी मौन को नहीं जान पाते, क्योंकि हमारे भीतर हमेशा कुछ न कुछ कहा जा रहा होता है, समझाया जा रहा होता है, या किसी निष्कर्ष तक पहुँचने की कोशिश की जा रही होती है।

मन का यह निरंतर चलने वाला संवाद ही हमें वर्तमान क्षण से दूर ले जाता है। हम या तो अतीत की स्मृतियों में उलझे रहते हैं या भविष्य की कल्पनाओं में भटकते रहते हैं, और इस पूरे समय में जो अभी घट रहा है, वह हमारी दृष्टि से छूट जाता है। मौन की साधना हमें इसी भटकाव से वापस लाती है। यह हमें सिखाती है कि बिना किसी मानसिक टिप्पणी के भी जीवन को देखा जा सकता है, अनुभव किया जा सकता है।

शुरुआत में जब व्यक्ति मौन में बैठने की कोशिश करता है, तो उसे लगता है कि विचार और भी अधिक बढ़ गए हैं। ऐसा इसलिए होता है क्योंकि अब तक जो कुछ भीतर चल रहा था, वह अनदेखा था, लेकिन जैसे ही ध्यान भीतर जाता है, वह सब स्पष्ट होने लगता है। यह स्थिति असहज लग सकती है, लेकिन यही मौन की ओर पहला कदम है। यहाँ पर व्यक्ति को कुछ भी बदलने की कोशिश नहीं करनी चाहिए, बल्कि केवल उस शोर को देखना चाहिए, जो भीतर चल रहा है।

धीरे-धीरे, इस देखने में एक स्थिरता आने लगती है। विचार आते हैं, लेकिन वे पहले की तरह पकड़ नहीं बना पाते। वे आते हैं और बिना कोई छाप छोड़े चले जाते हैं। इस प्रक्रिया में मन की गति स्वाभाविक रूप से धीमी होने लगती है। यह किसी दबाव या नियंत्रण का परिणाम नहीं है, बल्कि जागरूकता की उपस्थिति का

प्रभाव है। जहाँ जागरूकता होती है, वहाँ अनावश्यक गतिविधि अपने आप कम होने लगती है।

जैसे-जैसे यह प्रक्रिया गहराती है, एक ऐसा क्षण आता है जहाँ विचारों के बीच अंतराल बढ़ने लगता है। पहले यह अंतराल बहुत छोटा होता है, लगभग अनदेखा, लेकिन धीरे-धीरे यह स्पष्ट होने लगता है। यही वह स्थान है जहाँ मौन प्रकट होता है। यह कोई निर्मित स्थिति नहीं है, बल्कि वह हमेशा से मौजूद था, केवल विचारों के शोर के कारण छिपा हुआ था।

इस मौन में एक गहरी शांति होती है, लेकिन यह निष्क्रिय शांति नहीं है। यह जीवंत है, सजग है, पूर्णतः जागृत है। यहाँ कोई प्रयास नहीं है, कोई दिशा नहीं है, केवल एक सहज उपस्थिति है। इस अवस्था में व्यक्ति को ऐसा अनुभव होता है कि वह केवल शरीर या मन नहीं है, बल्कि एक व्यापक चेतना का हिस्सा है, जो हर जगह फैली हुई है।

मौन की भाषा शब्दों की भाषा से अलग होती है। शब्द हमेशा सीमित होते हैं, वे केवल संकेत कर सकते हैं, लेकिन मौन सीधे अनुभव कराता है। जब दो व्यक्ति गहरे मौन में होते हैं, तो उनके बीच बिना शब्दों के भी एक गहरी समझ होती है। यही कारण है कि सच्चे गुरु अक्सर कम बोलते हैं, क्योंकि वे जानते हैं कि जो कहा जा सकता है, वह अधूरा है, और जो वास्तव में महत्वपूर्ण है, वह केवल अनुभव किया जा सकता है।

जैसे-जैसे व्यक्ति इस मौन में स्थिर होता जाता है, उसका पूरा जीवन बदलने लगता है। अब वह केवल शब्दों पर निर्भर नहीं रहता, बल्कि उसकी उपस्थिति ही बोलने लगती है। उसके कार्य, उसके भाव, उसकी दृष्टि—सबमें एक गहराई आ जाती है, जो पहले नहीं थी। यह परिवर्तन बाहर से देखने में सूक्ष्म लगता है, लेकिन भीतर यह बहुत गहरा होता है।

अंततः, मौन कोई अभ्यास नहीं रह जाता, बल्कि एक स्वाभाविक अवस्था बन जाता है। व्यक्ति बोलता भी है, कार्य भी करता है, जीवन भी जीता है, लेकिन भीतर एक मौन बना रहता है, जो कभी टूटता नहीं। यह मौन किसी प्रयास से नहीं बना है, इसलिए यह किसी परिस्थिति से प्रभावित भी नहीं होता। यह हर स्थिति में स्थिर

रहता है, हर परिवर्तन के बीच अचल रहता है।

और इसी अचल मौन में, बिना किसी आंतरिक शोर के, बिना किसी मानसिक हस्तक्षेप के, वही शुद्ध चेतना प्रकट होती है जो न शब्दों में बंध सकती है, न विचारों में समा सकती है, लेकिन जो हर अनुभव के पीछे एक मौन साक्षी के रूप में सदैव उपस्थित रहती है।

खंड 26

वर्तमान क्षण का सत्य

मनुष्य का पूरा जीवन समय के इर्द-गिर्द घूमता है—अतीत की यादें और भविष्य की कल्पनाएँ उसके अनुभव को लगातार दिशा देती रहती हैं। वह जो कुछ भी करता है, वह या तो बीते हुए से प्रभावित होता है या आने वाले के लिए किया जाता है। इसी कारण वह कभी भी वास्तव में "अभी" में नहीं होता। वर्तमान क्षण, जो जीवन का एकमात्र वास्तविक आधार है, वही उसकी पकड़ से सबसे अधिक दूर रहता है। यह एक गहरी विडंबना है कि जो हमेशा उपस्थित है, वही सबसे अधिक अनदेखा रहता है।

अतीत केवल स्मृति है, और भविष्य केवल कल्पना। दोनों का अस्तित्व केवल मन में है, वास्तविकता में नहीं। फिर भी हम अपना अधिकांश समय इन्हीं में बिताते हैं, जैसे यही जीवन का केंद्र हों। जब हम अतीत में जाते हैं, तो हम उन घटनाओं को दोहराते हैं जो अब समाप्त हो चुकी हैं, और जब हम भविष्य के बारे में सोचते हैं, तो हम उन चीज़ों की कल्पना करते हैं जो अभी अस्तित्व में भी नहीं आई हैं। इस पूरे खेल में वर्तमान क्षण केवल एक माध्यम बनकर रह जाता है, जिसे हम पार करके किसी और समय में पहुँचना चाहते हैं।

वर्तमान क्षण को समझने के लिए किसी जटिल प्रक्रिया की आवश्यकता नहीं है, क्योंकि यह हमेशा यहीं है। समस्या यह नहीं है कि वर्तमान कहीं छिपा हुआ है, बल्कि यह है कि हमारा ध्यान कहीं और भटक रहा है। जैसे ही ध्यान भटकता है, हम वर्तमान से दूर हो जाते हैं, और जैसे ही ध्यान वापस आता है, हम वर्तमान में आ जाते हैं। यह इतना सरल है, लेकिन मन की आदतें इसे जटिल बना देती हैं।

जब तुम पूरी जागरूकता के साथ वर्तमान क्षण में होते हो, तो एक अलग ही गुणवत्ता प्रकट होती है। यह कोई विशेष अनुभव नहीं है, बल्कि एक गहरी स्पष्टता है, एक सहजता है, जिसमें कुछ भी अतिरिक्त नहीं है। तुम जो कर रहे होते हो, वही तुम्हारा पूरा ध्यान बन जाता है। यदि तुम चल रहे हो, तो केवल चलना है; यदि तुम खा रहे हो, तो केवल खाना है; यदि तुम सुन रहे हो, तो केवल सुनना है। इस

"केवल" में ही वर्तमान की गहराई छिपी हुई है।

शुरुआत में यह अभ्यास जैसा लगता है, क्योंकि मन बार-बार भटकता है। वह अतीत में चला जाता है, भविष्य में चला जाता है, और तुम बार-बार उसे वापस लाते हो। लेकिन धीरे-धीरे, यह लाना भी कम होने लगता है, क्योंकि ध्यान अपने आप स्थिर होने लगता है। अब तुम्हें प्रयास नहीं करना पड़ता, वर्तमान स्वयं तुम्हारा स्वभाव बनने लगता है।

वर्तमान में रहने का अर्थ यह नहीं है कि तुम अतीत को भूल जाओ या भविष्य की योजना न बनाओ। इसका अर्थ यह है कि तुम इन सबका उपयोग करो, लेकिन इनमें खोओ मत। तुम अतीत को देख सकते हो, उससे सीख सकते हो, लेकिन उसमें अटकते नहीं; तुम भविष्य की योजना बना सकते हो, लेकिन उसमें उलझते नहीं। तुम्हारा केंद्र हमेशा वर्तमान में ही रहता है।

जैसे-जैसे यह समझ गहराती है, समय का अनुभव भी बदलने लगता है। पहले समय एक दबाव की तरह लगता था—कुछ करना है, कहीं पहुँचना है, कुछ हासिल करना है। लेकिन अब समय केवल एक प्रवाह की तरह महसूस होता है, जिसमें सब कुछ स्वाभाविक रूप से घट रहा है। अब कोई जल्दी नहीं है, कोई तनाव नहीं है, क्योंकि तुम उस क्षण में हो, जहाँ सब कुछ पहले से ही पूरा है।

अंततः, वर्तमान क्षण केवल एक समय बिंदु नहीं रह जाता, बल्कि वह एक द्वार बन जाता है—एक ऐसा द्वार, जिसके पार समय का कोई अर्थ नहीं रह जाता। जब तुम पूरी तरह वर्तमान में स्थिर हो जाते हो, तो अतीत और भविष्य दोनों अपनी पकड़ खो देते हैं, और केवल एक ही वास्तविकता बचती है—अभी।

और इसी "अभी" में, बिना किसी मानसिक विभाजन के, बिना किसी समय की सीमा के, वही शुद्ध उपस्थिति प्रकट होती है जो न अतीत से बंधी है, न भविष्य से, बल्कि जो हर क्षण में स्वयं को पूर्ण रूप से प्रकट कर रही है, बिना किसी कमी के, बिना किसी प्रतीक्षा के, और बिना किसी अलग अस्तित्व के अनुभव के।

खंड 27

अस्तित्व के साथ एकत्व

जब साधना धीरे-धीरे परिपक्व होती है, जब साक्षी भाव स्थिर हो जाता है, जब समर्पण गहराई तक उतर जाता है और अहंकार की पकड़ ढीली पड़ जाती है, तब एक ऐसी अनुभूति जन्म लेती है जिसे शब्दों में पूरी तरह व्यक्त करना संभव नहीं है, फिर भी उसे संकेतों में समझा जा सकता है। यह अनुभूति है—अस्तित्व के साथ एकत्व की, जहाँ "मैं" और "दुनिया" के बीच जो विभाजन दिखाई देता था, वह धीरे-धीरे समाप्त होने लगता है और एक ऐसी एकता प्रकट होती है जिसमें कोई अलगाव नहीं बचता।

सामान्यतः हम अपने आपको एक अलग इकाई के रूप में देखते हैं। हमें लगता है कि हम इस विशाल संसार में एक छोटे से व्यक्ति हैं, जो बाकी सब चीज़ों से अलग है। यह अनुभव इतना गहरा होता है कि हम इसे सत्य मान लेते हैं, लेकिन यह केवल दृष्टि का परिणाम है, वास्तविकता का नहीं। जैसे ही दृष्टि बदलती है, अनुभव भी बदलने लगता है। जब तुम भीतर की ओर जाते हो, जब तुम अपने विचारों, भावनाओं और पहचान से परे देखते हो, तब तुम्हें यह महसूस होने लगता है कि तुम केवल यह सीमित शरीर या मन नहीं हो।

यह समझ पहले एक बौद्धिक विचार के रूप में आती है, लेकिन साधना के साथ यह अनुभव में बदलने लगती है। तुम्हें ऐसा महसूस होने लगता है कि जो चेतना तुम्हारे भीतर है, वही हर चीज़ में व्याप्त है। पेड़, आकाश, हवा, ध्वनि, हर एक वस्तु उसी चेतना की अभिव्यक्ति है, जिसे तुम अपने भीतर अनुभव कर रहे हो। यह कोई कल्पना नहीं है, बल्कि एक सीधा अनुभव है, जिसमें देखने वाला और देखा जाने वाला एक ही हो जाते हैं।

इस अवस्था में संबंधों की प्रकृति भी बदल जाती है। अब तुम किसी से अलग होकर संबंध नहीं बनाते, बल्कि उसी एकत्व के भीतर सब कुछ घट रहा होता है। प्रेम अब किसी विशेष व्यक्ति तक सीमित नहीं रहता, बल्कि वह एक व्यापक अनुभव बन जाता है, जो हर चीज़ में समान रूप से प्रवाहित होता है। यह प्रेम

किसी कारण पर आधारित नहीं होता, यह अपने आप होता है, क्योंकि अलगाव ही समाप्त हो गया है।

अस्तित्व के साथ एकत्व का अर्थ यह नहीं है कि तुम अपनी व्यक्तिगत पहचान खो देते हो और कोई निष्क्रिय अवस्था में चले जाते हो। बल्कि इसका अर्थ यह है कि तुम्हारी पहचान अब सीमित नहीं रहती। तुम कार्य करते हो, बोलते हो, जीते हो, लेकिन भीतर से जानते हो कि यह सब उसी एक व्यापक चेतना का खेल है। अब कोई व्यक्तिगत दावा नहीं होता, कोई "मैंने किया" की भावना नहीं होती, केवल एक सहज प्रवाह होता है।

जैसे-जैसे यह अनुभव गहराता है, भय पूरी तरह समाप्त होने लगता है। भय हमेशा अलगाव से उत्पन्न होता है—"मैं" और "दूसरे" के बीच के विभाजन से। जब यह विभाजन ही नहीं रहता, तो भय किससे होगा। मृत्यु का भय भी समाप्त हो जाता है, क्योंकि अब यह स्पष्ट हो जाता है कि जो वास्तविक है, वह कभी जन्मा ही नहीं था, इसलिए वह कभी मर भी नहीं सकता।

यह अवस्था किसी विशेष प्रयास से प्राप्त नहीं होती, बल्कि यह तब प्रकट होती है जब सभी प्रयास समाप्त हो जाते हैं। यह कोई उपलब्धि नहीं है, बल्कि वह सत्य है जो हमेशा से मौजूद था, केवल हमारी सीमित दृष्टि के कारण छिपा हुआ था। जैसे ही वह दृष्टि हटती है, यह एकत्व अपने आप प्रकट हो जाता है।

अंततः, अस्तित्व के साथ एकत्व का अनुभव ऐसा नहीं है जिसे पकड़कर रखा जा सके, क्योंकि यहाँ पकड़ने वाला ही नहीं बचता। यह एक निरंतर बहने वाली अवस्था है, जिसमें सब कुछ उसी में उत्पन्न हो रहा है और उसी में विलीन हो रहा है, बिना किसी अलग केंद्र के, बिना किसी विभाजन के, और बिना किसी ऐसी भावना के कि कुछ अलग होकर अस्तित्व में है, क्योंकि जो कुछ भी है, वह उसी एक असीम चेतना का विस्तार है और उसी में पूर्णतः समाहित है।

खंड 28

मृत्यु का भ्रम

मृत्यु मानव जीवन का सबसे बड़ा रहस्य भी है और सबसे बड़ा भय भी। जब तक "मैं" की पहचान बनी रहती है, तब तक मृत्यु एक अंत की तरह प्रतीत होती है—एक ऐसी घटना, जहाँ सब कुछ समाप्त हो जाएगा, जहाँ जो कुछ भी हमने जाना, समझा और संजोया, वह सब मिट जाएगा। इसी कारण मनुष्य मृत्यु से बचने की कोशिश करता है, उसे टालना चाहता है, उसके बारे में सोचने से भी डरता है। लेकिन अध्यात्म की दृष्टि से मृत्यु को समझे बिना जीवन को समझना संभव नहीं है, क्योंकि दोनों एक ही प्रक्रिया के दो पहलू हैं।

हम जो "मृत्यु" कहते हैं, वह वास्तव में शरीर का अंत है, एक रूप का परिवर्तन है। शरीर जन्म लेता है, बढ़ता है, बदलता है और एक दिन समाप्त हो जाता है। यह प्रकृति का नियम है, जो हर वस्तु पर लागू होता है। लेकिन समस्या तब उत्पन्न होती है, जब हम अपने आप को केवल शरीर के साथ जोड़ लेते हैं। तब हमें लगता है कि शरीर के साथ ही हमारा अस्तित्व भी समाप्त हो जाएगा, और यही भय का कारण बनता है।

यदि ध्यान से देखा जाए, तो जीवन में हर क्षण एक छोटी-सी मृत्यु घट रही है। हर पल कुछ न कुछ समाप्त हो रहा है—एक विचार आता है और चला जाता है, एक भावना उठती है और विलीन हो जाती है, एक अनुभव घटता है और समाप्त हो जाता है। यह निरंतर परिवर्तन ही जीवन की धारा है। लेकिन हम इन छोटे-छोटे अंत को मृत्यु नहीं कहते, क्योंकि हम उनसे डरते नहीं हैं। हम केवल उस अंतिम घटना को मृत्यु कहते हैं, जहाँ शरीर भी इस परिवर्तन की प्रक्रिया में शामिल हो जाता है।

साधना के माध्यम से जब व्यक्ति अपने भीतर की गहराई में उतरता है, तो उसे यह स्पष्ट होने लगता है कि जो वह वास्तव में है, वह इन परिवर्तनों से परे है। शरीर बदल रहा है, मन बदल रहा है, अनुभव बदल रहे हैं, लेकिन एक ऐसी उपस्थिति है, जो हर परिवर्तन को देख रही है, जो कभी बदलती नहीं है। यही साक्षी,

यही शुद्ध चेतना, हमारी वास्तविकता है।

जब यह अनुभव गहराता है, तो मृत्यु का भय धीरे-धीरे समाप्त होने लगता है। अब मृत्यु एक अंत नहीं लगती, बल्कि एक परिवर्तन के रूप में दिखाई देती है। जैसे नींद में हम अपने जागृत संसार को छोड़ देते हैं, लेकिन हमारा अस्तित्व समाप्त नहीं होता, उसी प्रकार मृत्यु भी एक अवस्था से दूसरी अवस्था में परिवर्तन है। यह समझ केवल एक विचार नहीं होती, बल्कि एक गहरा अनुभव बन जाती है, जो भीतर की जड़ों तक उतर जाता है।

इसका अर्थ यह नहीं है कि शरीर की मृत्यु के बाद क्या होता है, इसका कोई निश्चित वर्णन किया जा सकता है। अध्यात्म का उद्देश्य यह जानना नहीं है कि मृत्यु के बाद क्या होगा, बल्कि यह समझना है कि अभी जो "मैं" है, वह वास्तव में क्या है। जब यह स्पष्ट हो जाता है, तो मृत्यु का प्रश्न अपने आप हल हो जाता है, क्योंकि तब यह दिखाई देता है कि जो वास्तविक है, वह कभी समाप्त नहीं होता।

मृत्यु का भ्रम इसलिए भी बना रहता है, क्योंकि हम जीवन को एक रेखा की तरह देखते हैं—जन्म से लेकर मृत्यु तक की एक यात्रा। लेकिन यदि इसे गहराई से देखा जाए, तो यह एक चक्र की तरह है, जिसमें हर अंत एक नई शुरुआत को जन्म देता है। प्रकृति में कुछ भी स्थायी रूप से समाप्त नहीं होता, वह केवल रूप बदलता है। यही नियम जीवन पर भी लागू होता है।

जैसे-जैसे यह समझ स्थिर होती है, जीवन के प्रति दृष्टिकोण पूरी तरह बदल जाता है। अब मृत्यु का भय जीवन को नियंत्रित नहीं करता, बल्कि जीवन और भी स्वतंत्र हो जाता है। अब हर क्षण को पूरी तरह जीने की क्षमता आ जाती है, क्योंकि भीतर यह स्पष्ट होता है कि जो वास्तविक है, वह कभी खो नहीं सकता।

अंततः, मृत्यु कोई शत्रु नहीं है, बल्कि जीवन की प्रक्रिया का एक स्वाभाविक हिस्सा है। यह उस प्रवाह का एक चरण है, जिसमें सब कुछ निरंतर बदल रहा है और फिर भी एक गहरी स्थिरता बनी हुई है, जो हर परिवर्तन के पीछे है और हर परिवर्तन के पार भी मौजूद है, बिना किसी आरंभ के, बिना किसी अंत के, और बिना किसी ऐसे बिंदु के जहाँ वास्तव में कुछ समाप्त हो सके।

खंड 29

पूर्णता का अनुभव

मनुष्य का पूरा जीवन किसी न किसी प्रकार की खोज में बीतता है। वह कुछ पाना चाहता है, कुछ बनना चाहता है, किसी ऐसी अवस्था तक पहुँचना चाहता है जहाँ उसे लगे कि अब सब कुछ पूरा हो गया है। यह खोज कभी धन के रूप में प्रकट होती है, कभी संबंधों के रूप में, कभी सफलता और पहचान के रूप में, और कभी आध्यात्मिक उपलब्धियों के रूप में। लेकिन इस पूरी यात्रा में एक बात समान रहती है—भीतर एक अधूरापन, एक कमी का अनुभव, जो उसे लगातार आगे बढ़ने के लिए प्रेरित करता रहता है।

यह अधूरापन ही वह आधार है, जिस पर पूरा "खोज" का खेल खड़ा है। जब तक व्यक्ति को यह लगता है कि वह अधूरा है, तब तक वह बाहर किसी पूर्णता की तलाश करता रहेगा। लेकिन यह खोज कभी समाप्त नहीं होती, क्योंकि जो भी वह प्राप्त करता है, कुछ समय बाद वह भी अधूरा लगने लगता है। यही कारण है कि जीवन में चाहे कितनी भी उपलब्धियाँ क्यों न मिल जाएँ, भीतर एक सूक्ष्म असंतोष बना रहता है।

अध्यात्म की दृष्टि से इस समस्या का समाधान बाहर नहीं है, बल्कि भीतर है। यह समझने में है कि यह अधूरापन वास्तव में एक भ्रम है, जो "मैं" की भावना से उत्पन्न होता है। जब हम अपने आप को एक सीमित पहचान के रूप में देखते हैं, तो स्वाभाविक रूप से हमें लगता है कि हम अपूर्ण हैं, क्योंकि सीमितता में हमेशा कुछ न कुछ कमी रहती है। लेकिन जैसे ही यह पहचान ढीली पड़ने लगती है, अधूरेपन का अनुभव भी बदलने लगता है।

साधना के माध्यम से जब व्यक्ति अपने वास्तविक स्वरूप की ओर बढ़ता है, तो उसे यह अनुभव होने लगता है कि जो वह खोज रहा था, वह पहले से ही उसके भीतर मौजूद है। यह कोई नई चीज़ नहीं है, जिसे बाहर से लाना पड़े, बल्कि यह वह है, जो हमेशा से था, लेकिन हमारी दृष्टि से छिपा हुआ था। यह समझ धीरे-धीरे एक अनुभव में बदलने लगती है, जहाँ व्यक्ति को किसी बाहरी उपलब्धि की

आवश्यकता नहीं रह जाती।

पूर्णता का अनुभव किसी विशेष परिस्थिति पर निर्भर नहीं होता। यह तब भी होता है जब जीवन में सब कुछ अनुकूल हो, और तब भी जब परिस्थितियाँ कठिन हों। क्योंकि यह किसी बाहरी चीज़ पर आधारित नहीं है, बल्कि यह भीतर की उस स्थिरता से उत्पन्न होता है, जो हर स्थिति में समान रहती है। इस अवस्था में व्यक्ति को ऐसा लगता है कि जो कुछ है, वही पर्याप्त है, और इसमें कुछ जोड़ने या घटाने की आवश्यकता नहीं है।

यह पूर्णता निष्क्रियता नहीं लाती, बल्कि एक नई प्रकार की क्रियाशीलता लाती है। अब कार्य किसी कमी को पूरा करने के लिए नहीं होते, बल्कि एक सहज अभिव्यक्ति के रूप में होते हैं। तुम जो भी करते हो, उसमें एक आनंद होता है, क्योंकि वह किसी परिणाम के लिए नहीं, बल्कि स्वयं में पूर्ण होता है। यह जीवन को एक खेल की तरह बना देता है, जिसमें कोई बोझ नहीं होता, कोई दबाव नहीं होता।

जैसे-जैसे यह अनुभव गहराता है, तुलना पूरी तरह समाप्त होने लगती है। अब न किसी से आगे बढ़ने की आवश्यकता होती है, न किसी से पीछे रहने का डर। हर व्यक्ति, हर स्थिति अपने आप में पूर्ण दिखाई देने लगती है। यह दृष्टि जीवन के प्रति एक गहरी स्वीकृति लाती है, जिसमें कुछ भी अस्वीकार्य नहीं रहता।

अंततः, पूर्णता का अनुभव कोई अंतिम लक्ष्य नहीं है, बल्कि वह वास्तविकता है, जो हमेशा से मौजूद थी। यह केवल हमारी सीमित दृष्टि के कारण छिपी हुई थी। जैसे ही वह दृष्टि हटती है, यह पूर्णता अपने आप प्रकट हो जाती है—बिना किसी प्रयास के, बिना किसी उपलब्धि के, और बिना किसी ऐसी भावना के कि कुछ प्राप्त करना बाकी है, क्योंकि जो कुछ है, वही पूर्ण है और उसी में सब कुछ समाहित है।

खंड 30

अंतिम सत्य

अध्यात्म की पूरी यात्रा, चाहे वह कितनी भी जटिल क्यों न प्रतीत हो, अंततः एक ही बिंदु पर आकर ठहरती है—अंतिम सत्य की अनुभूति पर। यह वह सत्य नहीं है, जिसे शब्दों में पूरी तरह व्यक्त किया जा सके, न ही यह कोई ऐसी जानकारी है, जिसे पढ़कर या सुनकर समझ लिया जाए। यह एक प्रत्यक्ष अनुभव है, एक ऐसी जागरूकता, जिसमें सब कुछ स्पष्ट हो जाता है, बिना किसी संदेह के, बिना किसी द्वंद्व के।

मनुष्य का मन हमेशा सत्य को जानने की कोशिश करता है। वह प्रश्न करता है, विश्लेषण करता है, तर्क करता है और निष्कर्ष तक पहुँचने की कोशिश करता है। लेकिन यह पूरा प्रयास सीमित है, क्योंकि मन केवल उसी के बारे में सोच सकता है, जो पहले से ज्ञात है या जिसकी कल्पना की जा सकती है। अंतिम सत्य इन दोनों से परे है। यह न तो ज्ञात है और न ही कल्पना का विषय, इसलिए मन उसे पकड़ नहीं सकता।

यही कारण है कि जितना अधिक व्यक्ति सोचने की कोशिश करता है, उतना ही वह सत्य से दूर जाता है। यह विरोधाभासी लगता है, क्योंकि हमें हमेशा सिखाया गया है कि ज्ञान के माध्यम से ही हम सत्य तक पहुँच सकते हैं। लेकिन यहाँ ज्ञान एक बाधा बन जाता है, क्योंकि यह हमें शब्दों और अवधारणाओं के जाल में फँसा देता है। अंतिम सत्य को जानने के लिए इस जाल से बाहर आना पड़ता है।

साधना का पूरा उद्देश्य इसी बंधन को तोड़ना है। जब साक्षी भाव स्थिर हो जाता है, जब समर्पण पूर्ण हो जाता है, जब अहंकार की पकड़ समाप्त हो जाती है, तब एक ऐसी स्थिति उत्पन्न होती है जहाँ मन शांत हो जाता है। यह शांति किसी प्रयास का परिणाम नहीं होती, बल्कि सभी प्रयासों के समाप्त होने का परिणाम होती है। और इसी शांति में, वही सत्य प्रकट होता है, जो हमेशा से मौजूद था।

यह सत्य कोई वस्तु नहीं है, जिसे देखा जा सके, न ही यह कोई अनुभव है, जिसे पकड़ा जा सके। क्योंकि देखने वाला और अनुभव करने वाला, दोनों ही इसी

सत्य में विलीन हो जाते हैं। यहाँ कोई अलग अस्तित्व नहीं बचता, जो कह सके कि "मैंने सत्य को जान लिया।" यही कारण है कि जो वास्तव में इस सत्य को अनुभव करता है, वह उसे व्यक्त नहीं कर पाता, क्योंकि वहाँ व्यक्त करने वाला ही नहीं बचता।

इस अवस्था में सभी प्रश्न समाप्त हो जाते हैं। यह नहीं कि उनके उत्तर मिल जाते हैं, बल्कि इसलिए कि प्रश्न करने वाला ही समाप्त हो जाता है। जब "मैं" नहीं रहता, तो "मुझे क्या जानना है" यह भी समाप्त हो जाता है। यह कोई खालीपन नहीं है, बल्कि एक ऐसी पूर्णता है, जिसमें कुछ भी जानने या पाने की आवश्यकता नहीं रह जाती।

जीवन इस अवस्था में भी चलता रहता है, लेकिन उसका अनुभव पूरी तरह बदल जाता है। अब हर चीज़ उसी सत्य की अभिव्यक्ति के रूप में दिखाई देती है। कोई अलगाव नहीं रहता, कोई विभाजन नहीं रहता, केवल एक ही चेतना होती है, जो हर रूप में प्रकट हो रही है। यह देखना किसी प्रयास का परिणाम नहीं है, बल्कि एक स्वाभाविक स्थिति है, जो तब प्रकट होती है जब सभी कृत्रिम आवरण हट जाते हैं।

अंततः, अंतिम सत्य को प्राप्त करना कोई उपलब्धि नहीं है, बल्कि यह समझना है कि कभी कुछ प्राप्त करना था ही नहीं। जो कुछ खोजा जा रहा था, वह हमेशा से मौजूद था, केवल हमारी दृष्टि उस पर नहीं थी। जैसे ही वह दृष्टि बदलती है, सब कुछ स्पष्ट हो जाता है।

और इसी स्पष्टता में, बिना किसी भ्रम के, बिना किसी खोज के, बिना किसी अलग पहचान के, वही एकमात्र सत्य प्रकट होता है जो न कभी आरंभ हुआ था, न कभी समाप्त होगा, बल्कि जो हर क्षण में स्वयं को प्रकट करता हुआ भी अपरिवर्तित रहता है और उसी में समस्त अस्तित्व उत्पन्न होकर उसी में विलीन होता रहता है, बिना किसी विभाजन के, बिना किसी दूरी के, और बिना किसी ऐसे केंद्र के जिसे अलग होकर "मैं" कहा जा सके।

खंड 31:

शून्य में विश्राम

जब साधना अपनी पूर्णता की ओर बढ़ती है, जब खोज अपने आप शांत होने लगती है, जब जानने की इच्छा भी धीरे-धीरे समाप्त हो जाती है, तब एक ऐसी अवस्था प्रकट होती है जिसे शब्दों में केवल संकेत किया जा सकता है—यह है शून्य में विश्राम। यह कोई क्रिया नहीं है, कोई उपलब्धि नहीं है, बल्कि वह स्वाभाविक स्थिति है जहाँ सब कुछ अपने मूल में लौट आता है, बिना किसी प्रयास के, बिना किसी दिशा के।

मनुष्य का स्वभाव हमेशा कुछ न कुछ करने का रहा है। वह स्थिर नहीं रह सकता, क्योंकि उसकी पहचान ही क्रिया से बनी होती है। जब तक वह कुछ कर रहा है, कुछ बन रहा है, कुछ पा रहा है, तब तक उसे लगता है कि वह जीवित है। लेकिन यह निरंतर क्रिया ही उसे उसके वास्तविक स्वरूप से दूर रखती है। क्योंकि इस पूरे प्रयास में वह कभी रुकता नहीं, कभी देखता नहीं कि वह वास्तव में क्या है।

शून्य में विश्राम का अर्थ है—इस निरंतर प्रयास से मुक्त हो जाना। इसका अर्थ यह नहीं है कि बाहरी क्रियाएँ रुक जाती हैं, बल्कि इसका अर्थ यह है कि भीतर जो लगातार पकड़ बनाए रखने की प्रवृत्ति है, वह समाप्त हो जाती है। अब कोई बनने की कोशिश नहीं होती, कोई पाने की दौड़ नहीं होती, कोई खोने का भय नहीं होता। जो है, वही पर्याप्त है, और उसी में एक गहरी शांति है।

इस अवस्था में व्यक्ति को ऐसा नहीं लगता कि वह कुछ विशेष अनुभव कर रहा है। वास्तव में, यहाँ अनुभव करने वाला ही नहीं बचता, इसलिए इसे किसी अनुभव के रूप में नहीं जाना जा सकता। यह एक ऐसी स्थिति है जहाँ सब कुछ सामान्य है, लेकिन उसी सामान्य में एक गहराई है, एक स्थिरता है, जो पहले कभी महसूस नहीं हुई थी। यह कोई उत्साह या उत्तेजना नहीं है, बल्कि एक शांत, सहज उपस्थिति है, जो हर क्षण में बनी रहती है।

शून्य में विश्राम का एक महत्वपूर्ण पहलू यह है कि यहाँ कोई प्रयास नहीं है। यदि तुम इसे पाने की कोशिश करोगे, तो तुम उससे दूर हो जाओगे, क्योंकि प्रयास स्वयं "मैं" का ही विस्तार है। यह केवल तब प्रकट होता है जब प्रयास समाप्त हो जाता है, जब खोज थम जाती है, जब जानने की इच्छा भी शांत हो जाती है। यह कोई अंत नहीं है, बल्कि एक ऐसा ठहराव है जिसमें सब कुछ अपने आप स्पष्ट हो जाता है।

धीरे-धीरे, यह विश्राम केवल ध्यान या साधना तक सीमित नहीं रहता, बल्कि जीवन के हर पहलू में फैलने लगता है। तुम चलते हो, बोलते हो, काम करते हो, लेकिन भीतर एक स्थिरता बनी रहती है। यह स्थिरता किसी बाहरी परिस्थिति पर निर्भर नहीं होती, इसलिए यह कभी टूटती नहीं। यह हर स्थिति में समान रहती है—चाहे सुख हो या दुख, सफलता हो या असफलता।

इस अवस्था में जीवन का अनुभव पूरी तरह बदल जाता है। अब कोई जल्दी नहीं होती, कोई लक्ष्य नहीं होता, कोई संघर्ष नहीं होता। सब कुछ अपने समय पर घट रहा होता है, और तुम उसी प्रवाह का एक हिस्सा होते हो, बिना किसी अलग पहचान के। यह एक गहरी स्वीकृति है, जिसमें कुछ भी अस्वीकार्य नहीं रहता।

अंततः, शून्य में विश्राम वह स्थिति है जहाँ सब प्रश्न समाप्त हो जाते हैं, सब खोज समाप्त हो जाती है, और जो बचता है वह केवल एक शांत, अचल उपस्थिति है, जो न किसी दिशा में जा रही है, न किसी लक्ष्य की ओर बढ़ रही है, बल्कि जो हमेशा से थी और हमेशा रहेगी, बिना किसी परिवर्तन के, बिना किसी प्रयास के, और बिना किसी ऐसे केंद्र के जो उसे अपना कह सके।

7

यात्रा का समापन

यह भाग यात्रा के अंतिम चरण को दर्शाता है। शून्य से शून्य तक की यात्रा आत्म-जागरण है। जागरण के बाद जीवन सहज और मुक्त हो जाता है। "मैं" का अंत ही वास्तविक स्वतंत्रता है। जीवन का नया दृष्टिकोण शून्य से जुड़ जाता है। यह भाग आत्म-समर्पण और मुक्ति का अनुभव कराता है।

खंड 32

शून्य ही सत्य है

पूरी यात्रा, जो खोज से शुरू हुई थी, जो प्रश्नों से भरी हुई थी, जो समझ, अनुभव, साधना और समर्पण के अनेक चरणों से होकर गुज़री, अंततः एक अत्यंत सरल, लेकिन गहन सत्य पर आकर ठहरती है—शून्य ही सत्य है। यह कोई दार्शनिक निष्कर्ष नहीं है, न ही यह कोई मान्यता है जिसे स्वीकार कर लिया जाए। यह वह प्रत्यक्ष अनुभूति है, जो तब प्रकट होती है जब सब कुछ हट जाता है, जब सभी परतें गिर जाती हैं, और जब देखने वाला स्वयं अपने मूल में विश्राम करता है।

शुरुआत में "शून्य" शब्द सुनते ही मन में एक खालीपन की छवि बनती है, जैसे कुछ भी नहीं है, एक शून्यता है जिसमें कोई अर्थ नहीं है। इसी कारण मन इससे डरता भी है, क्योंकि उसे लगता है कि यदि सब कुछ शून्य हो गया, तो कुछ भी नहीं बचेगा। लेकिन साधना के साथ यह स्पष्ट होने लगता है कि यह शून्य किसी अभाव का नाम नहीं है, बल्कि यह वह आधार है, जिसमें सब कुछ उत्पन्न होता है और जिसमें सब कुछ विलीन हो जाता है।

जब तक "कुछ" है, तब तक परिवर्तन है, अस्थिरता है, और उसी के साथ जुड़ा हुआ एक सूक्ष्म भय भी है। लेकिन शून्य में कोई परिवर्तन नहीं है, क्योंकि वहाँ कोई रूप नहीं है, कोई सीमा नहीं है। यह किसी वस्तु की तरह नहीं है, जिसे देखा जा सके या पकड़ा जा सके। यह वह है, जो हर अनुभव के पीछे है, जो हर अनुभव को संभव बनाता है, लेकिन स्वयं किसी अनुभव में बंधा हुआ नहीं है।

इस सत्य को समझने के लिए मन को शांत होना पड़ता है, क्योंकि मन हमेशा "कुछ" को पकड़ना चाहता है। वह किसी अनुभव, किसी ज्ञान, किसी उपलब्धि को अपना बनाना चाहता है। लेकिन शून्य को पकड़ा नहीं जा सकता, क्योंकि जैसे ही पकड़ने की कोशिश होती है, "मैं" उत्पन्न हो जाता है, और शून्य छिप जाता है। इसलिए इसे पाने का कोई तरीका नहीं है, इसे केवल देखा जा सकता है, जब देखने वाला स्वयं शांत हो जाए।

जैसे-जैसे यह अनुभूति गहराती है, यह स्पष्ट होने लगता है कि शून्य और अस्तित्व अलग नहीं हैं। जो कुछ भी दिखाई दे रहा है, वह उसी शून्य की अभिव्यक्ति है। रूप बदलते हैं, अनुभव बदलते हैं, लेकिन आधार वही रहता है। यह समझ जीवन को एक बिल्कुल नई दृष्टि से देखने की क्षमता देती है, जहाँ हर चीज़ उसी एक सत्य का विस्तार लगती है।

इस अवस्था में कोई द्वैत नहीं रहता—न भीतर और बाहर का भेद, न स्वयं और दूसरे का अंतर, न जीवन और मृत्यु का विभाजन। सब कुछ एक ही प्रवाह में समाहित हो जाता है, जहाँ अलग-अलग होने का अनुभव केवल एक सतही स्तर पर दिखाई देता है, लेकिन गहराई में सब एक ही हैं।

अंततः, शून्य ही सत्य है का अर्थ यह नहीं है कि बाकी सब असत्य है, बल्कि इसका अर्थ यह है कि बाकी सब उसी सत्य की अस्थायी अभिव्यक्ति है। जैसे लहरें समुद्र से अलग नहीं होतीं, वैसे ही यह सारा अस्तित्व शून्य से अलग नहीं है। लहरें आती हैं और चली जाती हैं, लेकिन समुद्र बना रहता है।

और इसी समझ में, बिना किसी विरोध के, बिना किसी भ्रम के, बिना किसी अलग पहचान के, यह स्पष्ट हो जाता है कि जो कुछ भी है, वह उसी शून्य से उत्पन्न हुआ है और उसी में विलीन हो रहा है, और वही शून्य हर क्षण में स्वयं को प्रकट करता हुआ भी अछूता रहता है, पूर्ण रहता है, और अपने आप में ही संपूर्ण सत्य के रूप में स्थित है।

खंड 33

शून्य से शून्य तक

यात्रा वहीं समाप्त होती है जहाँ से वह शुरू हुई थी, लेकिन समझ पूरी तरह बदल चुकी होती है। प्रारंभ में "शून्य" केवल एक शब्द था, एक विचार था, एक ऐसा संकेत जिसे समझने की कोशिश की जा रही थी, लेकिन अंत में वही शून्य प्रत्यक्ष सत्य के रूप में प्रकट होता है, जहाँ कोई समझने वाला नहीं बचता, कोई पाने वाला नहीं बचता, और कोई यात्रा करने वाला भी नहीं बचता। जो कुछ था, वह एक खेल था—खोज का, पहचान का, अनुभव का, और अंततः उसी खेल का विलय भी उसी में हो जाता है, जहाँ से वह उत्पन्न हुआ था।

शुरुआत में व्यक्ति अपने आपको एक सीमित अस्तित्व के रूप में देखता है, जो इस विशाल जगत में कुछ खोज रहा है, कुछ बनने की कोशिश कर रहा है, कुछ पाने की इच्छा में भटक रहा है। इस पूरी प्रक्रिया में वह अनेक अनुभवों से गुजरता है—सुख और दुख, सफलता और असफलता, आशा और निराशा। हर अनुभव उसे कुछ सिखाता है, हर घटना उसे भीतर की ओर ले जाती है, भले ही उसे यह तुरंत दिखाई न दे। यह पूरी यात्रा वास्तव में बाहर की नहीं होती, बल्कि भीतर की होती है, जहाँ धीरे-धीरे परतें हटती जाती हैं और वास्तविकता स्पष्ट होती जाती है।

जैसे-जैसे यह स्पष्टता बढ़ती है, व्यक्ति यह देखना शुरू करता है कि जो कुछ वह खोज रहा था, वह कभी उससे अलग था ही नहीं। वह हमेशा से उसी के भीतर था, बल्कि वही उसका वास्तविक स्वरूप था। लेकिन क्योंकि उसकी दृष्टि बाहर की ओर थी, इसलिए वह उसे पहचान नहीं पाया। यह पहचान ही वह मोड़ है, जहाँ यात्रा का अर्थ बदल जाता है। अब खोज समाप्त होने लगती है, क्योंकि जो पाया जाना था, वह पहले से ही उपस्थित है।

इस बिंदु पर एक गहरा विरोधाभास प्रकट होता है—कुछ भी प्राप्त नहीं हुआ, फिर भी सब कुछ स्पष्ट हो गया। कोई नई वस्तु नहीं मिली, कोई विशेष अनुभव नहीं जुड़ा, लेकिन फिर भी एक पूर्णता का अनुभव है, जो पहले कभी नहीं था। यह पूर्णता किसी कारण पर आधारित नहीं है, बल्कि यह उस सत्य की पहचान है, जो

हमेशा से था।

"शून्य से शून्य तक" का वास्तविक अर्थ यही है कि जो प्रारंभ में शून्य था, वही अंत में भी शून्य है। लेकिन यह कोई चक्र नहीं है, जहाँ कुछ शुरू होकर वापस वहीं आ गया हो, बल्कि यह एक ऐसी समझ है, जहाँ यह स्पष्ट हो जाता है कि कभी कुछ शुरू हुआ ही नहीं था। जो कुछ दिखाई दे रहा था, वह एक अस्थायी खेल था, जो समय और स्थान के भीतर घट रहा था, लेकिन उसका आधार हमेशा शून्य ही था।

इस अवस्था में जीवन समाप्त नहीं होता, बल्कि और भी सहज हो जाता है। अब कोई लक्ष्य नहीं है, कोई दिशा नहीं है, कोई बनने की इच्छा नहीं है। जो कुछ भी हो रहा है, वह उसी प्रवाह का हिस्सा है, और उसमें कोई अलग केंद्र नहीं है जो उसे नियंत्रित कर रहा हो। यह एक ऐसी स्वतंत्रता है, जिसमें कोई बंधन नहीं है, क्योंकि बंधन का अनुभव करने वाला ही नहीं बचा।

अंततः, यह यात्रा किसी निष्कर्ष पर नहीं पहुँचती, क्योंकि निष्कर्ष भी एक प्रकार का अंत होता है, और यहाँ कोई अंत नहीं है। यह एक अनंत खुलापन है, जिसमें सब कुछ उत्पन्न हो रहा है और उसी में विलीन हो रहा है, बिना किसी आरंभ के, बिना किसी अंत के, और बिना किसी ऐसे बिंदु के जहाँ यह कहा जा सके कि अब सब कुछ पूरा हो गया है, क्योंकि जो है, वही हमेशा से पूर्ण था और वही हमेशा रहेगा।

खंड 34

जागरण के बाद का जीवन

जब जागरण घटित होता है, जब व्यक्ति अपने वास्तविक स्वरूप को पहचान लेता है, तब सबसे बड़ा प्रश्न यही उठता है कि उसके बाद जीवन कैसा होता है। क्या सब कुछ बदल जाता है, या सब कुछ वैसा ही रहता है? क्या वह व्यक्ति सामान्य जीवन जी पाता है, या वह संसार से अलग हो जाता है? ये प्रश्न स्वाभाविक हैं, क्योंकि मन यह जानना चाहता है कि इस अनुभूति के बाद जीवन किस दिशा में जाएगा। लेकिन सच्चाई यह है कि जागरण के बाद जीवन न तो पूरी तरह बदलता है और न ही पूरी तरह वैसा ही रहता है—बदलाव बाहरी नहीं, बल्कि भीतर की दृष्टि में होता है।

बाहरी रूप से देखने पर ऐसा लग सकता है कि कुछ भी विशेष नहीं बदला है। व्यक्ति वही कार्य कर रहा है, वही संबंध निभा रहा है, वही दिनचर्या जी रहा है। वह चलता है, बोलता है, हँसता है, काम करता है—सब कुछ पहले जैसा ही दिखाई देता है। लेकिन भीतर एक मौलिक परिवर्तन हो चुका होता है। अब वह इन सब चीज़ों को उसी तरह नहीं जी रहा होता, जैसे पहले जी रहा था। पहले हर क्रिया के पीछे एक "मैं" था, जो परिणाम चाहता था, जो पहचान चाहता था, जो हर अनुभव को अपना बनाना चाहता था। अब वह "मैं" नहीं रहा, या उसकी पकड़ बहुत हल्की हो चुकी है।

इस परिवर्तन का सबसे बड़ा प्रभाव यह होता है कि जीवन से संघर्ष समाप्त होने लगता है। पहले हर स्थिति में एक छुपा हुआ विरोध होता था—चीज़ें वैसी क्यों नहीं हैं जैसी मैं चाहता हूँ, परिस्थितियाँ मेरे अनुसार क्यों नहीं चल रहीं, लोग मुझे समझ क्यों नहीं रहे। यह निरंतर विरोध ही तनाव और असंतोष का कारण था। लेकिन जागरण के बाद यह विरोध धीरे-धीरे समाप्त हो जाता है, क्योंकि अब कोई केंद्र नहीं बचा जो जीवन को अपने अनुसार ढालना चाहता हो। जो कुछ हो रहा है, उसे उसी रूप में स्वीकार किया जाता है, बिना किसी आंतरिक टकराव के।

इसका अर्थ यह नहीं है कि व्यक्ति निष्क्रिय हो जाता है या जीवन में भाग लेना बंद कर देता है। बल्कि वह और भी अधिक सजग और स्पष्ट हो जाता है। अब उसकी क्रियाएँ किसी कमी को पूरा करने के लिए नहीं होतीं, बल्कि वे एक सहज अभिव्यक्ति होती हैं। वह काम करता है, लेकिन काम उसके लिए बोझ नहीं होता; वह संबंध निभाता है, लेकिन उनमें कोई चिपकाव नहीं होता; वह निर्णय लेता है, लेकिन उनमें कोई आंतरिक संघर्ष नहीं होता। यह एक ऐसी क्रियाशीलता है, जिसमें प्रयास तो है, लेकिन दबाव नहीं है; सहभागिता है, लेकिन बंधन नहीं है।

जागरण के बाद भावनाएँ समाप्त नहीं होतीं, बल्कि उनका स्वरूप बदल जाता है। पहले भावनाएँ व्यक्ति को अपने साथ बहा ले जाती थीं, अब वे केवल आती हैं और चली जाती हैं। क्रोध आता है, लेकिन पकड़ नहीं बनाता; दुख आता है, लेकिन गहराई तक नहीं उतरता; आनंद आता है, लेकिन उसमें खोने की प्रवृत्ति नहीं रहती। हर भावना एक लहर की तरह होती है, जो उठती है और अपने आप शांत हो जाती है। भीतर एक स्थिरता बनी रहती है, जो किसी भी बाहरी परिवर्तन से प्रभावित नहीं होती।

रिश्तों में भी एक गहरा परिवर्तन आता है। पहले संबंध अपेक्षाओं पर आधारित होते थे—मुझे क्या मिल रहा है, सामने वाला मुझे कैसे देख रहा है, वह मेरी इच्छा के अनुसार चल रहा है या नहीं। लेकिन अब संबंधों में एक सहजता आ जाती है, क्योंकि अब कोई अपेक्षा नहीं होती। प्रेम अब किसी शर्त पर आधारित नहीं होता, बल्कि वह एक स्वाभाविक प्रवाह बन जाता है। यह प्रेम किसी विशेष व्यक्ति तक सीमित नहीं रहता, बल्कि हर चीज़ में समान रूप से प्रकट होता है।

जागरण के बाद समय का अनुभव भी बदल जाता है। पहले जीवन एक दौड़ की तरह लगता था—कुछ हासिल करना है, कहीं पहुँचना है, कुछ बनना है। लेकिन अब यह दौड़ समाप्त हो जाती है। अब हर क्षण अपने आप में पूर्ण होता है, किसी भविष्य की प्रतीक्षा नहीं होती। इसका अर्थ यह नहीं है कि व्यक्ति योजना नहीं बनाता, बल्कि वह योजनाओं में उलझता नहीं। वह उनका उपयोग करता है, लेकिन उनमें खोता नहीं।

सबसे गहरा परिवर्तन यह होता है कि अब जीवन को एक समस्या के रूप में नहीं देखा जाता। पहले हर स्थिति को सुधारने की कोशिश होती थी, हर अनुभव को

बदलने की इच्छा होती थी। लेकिन अब जीवन जैसा है, वैसा ही पूर्ण दिखाई देता है। इसमें कुछ जोड़ने या घटाने की आवश्यकता नहीं लगती। यह कोई निष्क्रिय स्वीकार नहीं है, बल्कि एक गहरी समझ है कि जो कुछ भी है, वह उसी एक सत्य की अभिव्यक्ति है।

अंततः, जागरण के बाद जीवन एक सहज प्रवाह बन जाता है, जिसमें सब कुछ अपने आप घट रहा होता है, बिना किसी आंतरिक संघर्ष के, बिना किसी कृत्रिम प्रयास के, और बिना किसी ऐसे केंद्र के जो उसे नियंत्रित करने की कोशिश कर रहा हो, क्योंकि जो कुछ भी हो रहा है, वह उसी एक चेतना की अभिव्यक्ति है, जो हर रूप में प्रकट होकर भी भीतर से पूर्णतः मुक्त और अछूती बनी रहती है।

खंड 35

बिना "मैं" के जीना

जागरण के बाद जीवन का सबसे सूक्ष्म और गहरा परिवर्तन "मैं" के स्तर पर होता है। यह "मैं" जो अब तक हर अनुभव का केंद्र था, हर निर्णय का आधार था, हर भावना का स्वामी था—वह धीरे-धीरे अपनी पकड़ खो देता है। यह अचानक समाप्त नहीं होता, बल्कि उसकी वास्तविकता पर प्रश्न उठने लगता है। व्यक्ति देखता है कि जिसे वह "मैं" कहता था, वह केवल विचारों, स्मृतियों और पहचान का एक संग्रह है। यह कोई स्थायी अस्तित्व नहीं, बल्कि एक निरंतर बदलती हुई कहानी है, जिसे मन हर क्षण दोहराता रहता है।

जब यह स्पष्ट होने लगता है कि "मैं" वास्तव में एक विचार है, तब उसके साथ जुड़ी हुई सारी जकड़नें ढीली पड़ने लगती हैं। अब हर अनुभव को "मेरा" कहकर पकड़ने की प्रवृत्ति कम हो जाती है। पहले हर सुख को पकड़ने की चाह थी और हर दुख से बचने का प्रयास, क्योंकि दोनों ही "मेरे" थे। लेकिन जब "मैं" की धारणा कमजोर होती है, तब यह पकड़ अपने आप ढीली हो जाती है। अनुभव आते हैं और चले जाते हैं, लेकिन अब उन्हें पकड़ने वाला कोई ठोस केंद्र नहीं रहता।

इस अवस्था में जीना किसी विशेष प्रयास का परिणाम नहीं होता, बल्कि यह एक स्वाभाविक स्थिति बन जाती है। व्यक्ति कुछ करने की कोशिश नहीं कर रहा होता कि "मैं" को खत्म कर दे। बल्कि वह केवल देख रहा होता है—हर विचार, हर भावना, हर प्रतिक्रिया को। और इस देखने में ही धीरे-धीरे यह स्पष्ट हो जाता है कि "मैं" एक वास्तविक सत्ता नहीं है। यह केवल एक आदत है, जो वर्षों से चलती आ रही है।

जब "मैं" की पकड़ ढीली होती है, तब जीवन में एक गहरी हल्कापन आता है। अब हर बात को व्यक्तिगत रूप से लेने की प्रवृत्ति समाप्त होने लगती है। कोई कुछ कहे, कोई कुछ करे—अब वह भीतर जाकर चोट नहीं करता, क्योंकि चोट खाने वाला "मैं" अब उतना मजबूत नहीं रहा। इसका अर्थ यह नहीं है कि व्यक्ति संवेदनहीन हो जाता है, बल्कि वह और अधिक संवेदनशील हो जाता है, क्योंकि

अब वह अपने अहंकार की रक्षा में नहीं उलझा होता।

बिना "मैं" के जीने का अर्थ यह भी नहीं है कि व्यक्ति अपनी पहचान खो देता है या वह निष्क्रिय हो जाता है। वह अपना नाम जानता है, अपने कार्य करता है, अपने संबंध निभाता है—लेकिन अब यह सब एक भूमिका की तरह होता है, न कि उसकी वास्तविक पहचान के रूप में। जैसे एक अभिनेता मंच पर किसी किरदार को निभाता है, लेकिन भीतर जानता है कि वह उस किरदार तक सीमित नहीं है, वैसे ही जागृत व्यक्ति जीवन के हर किरदार को निभाता है, लेकिन उससे बंधता नहीं।

इस स्थिति में निर्णय लेना भी सरल हो जाता है। पहले हर निर्णय के पीछे डर होता था—अगर यह गलत हो गया तो क्या होगा, लोग क्या कहेंगे, भविष्य कैसा होगा। लेकिन अब निर्णय सहजता से आते हैं, क्योंकि अब कोई ऐसा "मैं" नहीं है जिसे खुद को सुरक्षित रखना है या साबित करना है। जो सही लगता है, वह किया जाता है, बिना किसी अतिरिक्त मानसिक शोर के।

बिना "मैं" के जीने में सबसे सुंदर बात यह है कि जीवन एक प्रवाह बन जाता है। अब हर चीज़ को नियंत्रित करने की आवश्यकता नहीं लगती। पहले हर स्थिति को अपने अनुसार ढालने की कोशिश थी, लेकिन अब यह समझ आ जाती है कि जीवन अपने आप चल रहा है। इस प्रवाह के साथ चलना ही सहजता है, और इसके खिलाफ जाना ही संघर्ष है। जब यह समझ गहराई से उतर जाती है, तब व्यक्ति अपने आप इस प्रवाह के साथ बहने लगता है।

यह अवस्था कोई अंतिम लक्ष्य नहीं है, बल्कि यह जीवन जीने का एक नया तरीका है—जहाँ हर क्षण नया है, हर अनुभव ताज़ा है, और हर स्थिति को बिना किसी पूर्वाग्रह के देखा जाता है। यहाँ कोई स्थायी पहचान नहीं होती, कोई जमी हुई धारणा नहीं होती। हर क्षण में व्यक्ति नया होता है, क्योंकि अब वह अतीत की कहानी को ढो नहीं रहा होता।

अंततः, बिना "मैं" के जीना किसी कमी का अनुभव नहीं देता, बल्कि यह एक गहरी पूर्णता का अनुभव कराता है, क्योंकि जब "मैं" नहीं रहता, तब वही शून्य प्रकट होता है, जो हमेशा से था—निर्विकार, निस्सीम, और पूर्ण—और उसी में यह

पूरा जीवन घटता रहता है, बिना किसी केंद्र के, बिना किसी स्वामित्व के, केवल एक शुद्ध उपस्थिति के रूप में।

8

समझ, भ्रम और मार्ग

यह अंतिम भाग है, जिसमें व्यावहारिक प्रश्नों और भ्रमों का समाधान दिया गया है। संसार में रहते हुए भी शून्य का अनुभव संभव है। शून्य और भगवान अलग नहीं हैं। यह मार्ग सबके लिए है, शुरुआत साधना से होती है। दैनिक अभ्यास और बाधाओं को पार करना आवश्यक है। अंतिम संदेश यही है कि शून्य ही वास्तविक स्वरूप है।

खंड 36

संसार में रहकर भी उससे परे

जागरण के बाद जीवन का सबसे अद्भुत पक्ष यह होता है कि व्यक्ति संसार में पूरी तरह उपस्थित रहता है, फिर भी भीतर से उससे अछूता रहता है। यह कोई विरोधाभास नहीं है, बल्कि एक गहरी समझ का परिणाम है। पहले संसार ही सब कुछ था—हर संबंध, हर वस्तु, हर परिस्थिति जीवन का केंद्र थी। लेकिन अब यह स्पष्ट हो जाता है कि संसार एक अनुभव है, एक प्रकट रूप है, जो आता है और चला जाता है, जबकि जो इसे देख रहा है, वह स्थायी है।

इसका अर्थ यह नहीं है कि व्यक्ति संसार से भाग जाता है या उसे छोड़ देता है। बल्कि वह पहले से भी अधिक सजगता के साथ उसमें भाग लेता है। वह अपने कार्य करता है, अपने संबंध निभाता है, अपनी जिम्मेदारियाँ पूरी करता है—लेकिन अब इन सब में कोई आंतरिक उलझन नहीं होती। पहले हर क्रिया के पीछे एक परिणाम की चिंता थी, एक पहचान बनाने की चाह थी, एक डर था कि कहीं कुछ खो न जाए। अब यह सब धीरे-धीरे समाप्त हो जाता है।

संसार में रहते हुए भी उससे परे होने का अर्थ है—हर चीज़ को पूरी तरह जीना, लेकिन उसमें खो न जाना। जैसे कोई व्यक्ति समुद्र के किनारे खड़ा होकर लहरों को देखता है। लहरें उठती हैं, गिरती हैं, बदलती रहती हैं, लेकिन देखने वाला स्थिर रहता है। पहले व्यक्ति खुद को ही लहर समझता था—हर उतार-चढ़ाव के साथ डूबता और उभरता था। अब वह जानता है कि वह लहर नहीं, बल्कि वह सागर है जिसमें ये सारी लहरें उठ रही हैं।

इस समझ के साथ जीवन में एक गहरी स्वतंत्रता आती है। अब व्यक्ति किसी भी परिस्थिति में बंधा हुआ महसूस नहीं करता। सफलता आए या असफलता, प्रशंसा मिले या आलोचना—ये सब केवल बाहरी घटनाएँ रह जाती हैं। भीतर एक ऐसा स्थान होता है, जो इन सबसे अछूता रहता है। यह कोई कठोरता नहीं है, बल्कि एक सहज दूरी है, जिसमें हर चीज़ को उसके वास्तविक रूप में देखा जाता है।

रिश्तों में भी यह समझ बहुत गहराई से प्रकट होती है। पहले संबंधों में पकड़ थी—मेरा परिवार, मेरे लोग, मेरे अपने। इस “मेरे” के कारण ही अपेक्षाएँ पैदा होती थीं और उन्हीं अपेक्षाओं से दुख जन्म लेता था। लेकिन अब संबंधों में एक खुलापन आ जाता है। व्यक्ति प्रेम करता है, लेकिन उस प्रेम में कोई स्वामित्व नहीं होता। वह साथ होता है, लेकिन भीतर से स्वतंत्र रहता है। यह स्वतंत्रता संबंधों को तोड़ती नहीं, बल्कि उन्हें और अधिक सच्चा बना देती है।

संसार में रहते हुए भी उससे परे होने का एक और अर्थ है—हर भूमिका को पूरी तरह निभाना, लेकिन उससे अपनी पहचान न जोड़ना। व्यक्ति पिता है, पुत्र है, मित्र है, कर्मी है—ये सब भूमिकाएँ हैं, जो समय के साथ बदलती रहती हैं। पहले वह इन्हीं भूमिकाओं में खुद को सीमित कर लेता था, लेकिन अब वह जानता है कि ये केवल अस्थायी रूप हैं। वह इन सबको निभाता है, लेकिन भीतर से मुक्त रहता है।

इस अवस्था में जीवन एक खेल की तरह महसूस होने लगता है। इसका अर्थ यह नहीं है कि व्यक्ति जीवन को हल्के में लेने लगता है, बल्कि वह उसे अधिक गहराई से समझने लगता है। अब हर घटना एक अनुभव है, हर परिस्थिति एक अवसर है देखने का, समझने का। कोई भी चीज़ इतनी गंभीर नहीं रह जाती कि वह भीतर की शांति को भंग कर सके।

सबसे महत्वपूर्ण बात यह है कि अब व्यक्ति को किसी विशेष अवस्था में रहने की आवश्यकता नहीं होती। उसे हमेशा शांत रहने की कोशिश नहीं करनी पड़ती, उसे हमेशा ध्यान में रहने का प्रयास नहीं करना पड़ता। जो भी है, जैसा भी है, उसे उसी रूप में स्वीकार किया जाता है। यही स्वीकार ही उसे संसार में रहते हुए भी उससे परे रखता है।

अंततः, संसार में रहकर भी उससे परे होना कोई अलग अवस्था नहीं है, बल्कि यह जीवन को देखने का एक नया दृष्टिकोण है—जहाँ सब कुछ घट रहा है, पूरी तरह, गहराई से, जीवंत रूप में, फिर भी भीतर एक ऐसा शून्य बना रहता है जो किसी भी चीज़ से प्रभावित नहीं होता, जो हर अनुभव को अपने भीतर समाहित करता है और फिर भी उससे अछूता रहता है, क्योंकि वही शून्य इस पूरे संसार का आधार है और उसी में यह सब प्रकट होकर पुनः उसी में विलीन होता रहता है।

खंड 37

सामान्य प्रश्न और भ्रम

जब कोई साधक इस मार्ग पर आगे बढ़ता है, जब वह शून्य, आत्मा, और जागरण जैसे शब्दों को समझने और अनुभव करने लगता है, तब उसके भीतर कई प्रश्न उठते हैं। ये प्रश्न केवल जिज्ञासा से नहीं आते, बल्कि मन की उस आदत से आते हैं जो हर चीज़ को समझना, पकड़ना और परिभाषित करना चाहता है। यह स्वाभाविक है, क्योंकि मन का स्वभाव ही प्रश्न करना है। लेकिन इस मार्ग में एक बिंदु ऐसा आता है जहाँ प्रश्न सहायता भी बन सकते हैं और बाधा भी।

सबसे पहला और सबसे सामान्य प्रश्न यह होता है—क्या शून्य का अर्थ कुछ भी नहीं है? क्या यह एक खालीपन है, एक शून्यता है जहाँ कुछ भी मौजूद नहीं? मन इसे नकारात्मक रूप में देखता है, क्योंकि उसके लिए "कुछ नहीं" का अर्थ भय पैदा करता है। लेकिन यहाँ जिस शून्य की बात हो रही है, वह खालीपन नहीं, बल्कि पूर्णता है। यह वह स्थान है जहाँ सब कुछ संभव है, जहाँ से सब कुछ उत्पन्न होता है और जहाँ सब कुछ विलीन हो जाता है। यह अभाव नहीं, बल्कि आधार है।

दूसरा प्रश्न यह आता है कि क्या यह अवस्था किसी प्रकार के दुख या उदासी जैसी है? कुछ लोग सोचते हैं कि अगर "मैं" समाप्त हो गया, तो क्या जीवन में कोई आनंद नहीं बचेगा? क्या सब कुछ नीरस और निष्प्राण हो जाएगा? लेकिन सच्चाई इसके विपरीत है। जब "मैं" की पकड़ ढीली होती है, तब पहली बार वास्तविक आनंद का अनुभव होता है—ऐसा आनंद जो किसी कारण पर आधारित नहीं है, जो किसी वस्तु या परिस्थिति से जुड़ा नहीं है। यह एक शांत, गहरा, स्थिर आनंद है, जो हर समय उपस्थित रहता है।

एक और बड़ा भ्रम यह होता है कि क्या इस मार्ग पर चलने के लिए संसार को छोड़ना आवश्यक है? क्या परिवार, काम, और सामाजिक जीवन से दूर जाना पड़ेगा? यह धारणा कई लोगों को इस मार्ग से दूर रखती है। लेकिन वास्तविकता यह है कि यह मार्ग बाहर कुछ छोड़ने का नहीं, बल्कि भीतर की पकड़ को छोड़ने का है। आप संसार में रहकर, अपने सभी कार्य करते हुए भी इस सत्य को जान सकते

हैं। यह कोई स्थान नहीं है जहाँ आपको जाना है, यह एक समझ है जिसे आपको देखना है।

कई साधकों के मन में यह भी प्रश्न आता है कि क्या कोई गुरु आवश्यक है? क्या बिना किसी मार्गदर्शक के यह संभव है? गुरु का अर्थ यहाँ किसी व्यक्ति विशेष तक सीमित नहीं है। गुरु एक संकेत है, एक दिशा है, एक ऐसा माध्यम है जो आपको स्वयं की ओर मोड़ता है। लेकिन अंततः आपको खुद ही देखना होगा, खुद ही समझना होगा। कोई भी आपको यह सत्य दे नहीं सकता, वह केवल आपको उस दिशा में इंगित कर सकता है।

एक और गहरा भ्रम यह है कि जागरण कोई विशेष अनुभव है, जिसे प्राप्त करना है। मन हमेशा किसी असाधारण घटना की प्रतीक्षा करता है—कोई प्रकाश दिखेगा, कोई अद्भुत अनुभूति होगी, कुछ अलौकिक घटित होगा। लेकिन जागरण कोई घटना नहीं है, यह एक पहचान है। यह समझ है कि जो आप खोज रहे थे, वह हमेशा से मौजूद था। यह कुछ नया प्राप्त करना नहीं, बल्कि जो झूठा था उसे देखना है।

कुछ लोग यह भी सोचते हैं कि इस मार्ग पर चलने के बाद व्यक्ति हमेशा शांत और स्थिर रहेगा, उसे कभी कोई भावना नहीं आएगी। लेकिन यह भी एक गलत धारणा है। जागरण के बाद भी जीवन चलता रहता है, भावनाएँ आती-जाती रहती हैं। फर्क केवल इतना है कि अब व्यक्ति उनसे बंधता नहीं है। वह उन्हें देखता है, उन्हें जीता है, लेकिन उनमें खोता नहीं है।

अंततः, इस मार्ग के सभी प्रश्न और भ्रम एक ही स्थान से उत्पन्न होते हैं—मन की उस आदत से, जो हर चीज़ को पकड़ना चाहता है। लेकिन इस मार्ग की सुंदरता यह है कि यहाँ पकड़ने के लिए कुछ भी नहीं है। जितना आप पकड़ने की कोशिश करेंगे, उतना ही यह दूर लगता जाएगा। और जैसे ही आप छोड़ देंगे, वैसे ही यह स्पष्ट हो जाएगा।

इसलिए प्रश्नों से भागने की आवश्यकता नहीं है, लेकिन उनमें उलझने की भी आवश्यकता नहीं है। उन्हें आने दें, उन्हें देखें, और फिर उन्हें जाने दें। क्योंकि अंततः हर प्रश्न उसी शून्य में विलीन हो जाता है, जहाँ कोई उत्तर नहीं होता, और

फिर भी सब कुछ स्पष्ट होता है—बिना शब्दों के, बिना विचारों के, केवल एक शुद्ध अनुभव के रूप में, जो हमेशा से आपके भीतर उपस्थित है।

खंड 38

शून्य और भगवान का संबंध

जब साधक "शून्य" की बात सुनता है और "भगवान" के बारे में सोचता है, तब उसके भीतर एक स्वाभाविक प्रश्न उठता है—क्या ये दोनों अलग हैं, या एक ही हैं? क्या शून्य का अर्थ भगवान का अभाव है, या वही भगवान का वास्तविक स्वरूप है? यह प्रश्न केवल बौद्धिक नहीं है, बल्कि यह उस गहराई को छूता है जहाँ विश्वास, अनुभव और सत्य एक-दूसरे से मिलते हैं।

सदियों से मनुष्य ने भगवान को विभिन्न रूपों में देखा है—किसी ने उसे एक शक्ति के रूप में माना, किसी ने एक साकार रूप में पूजा, किसी ने उसे प्रकृति में महसूस किया, तो किसी ने उसे एक सर्वोच्च चेतना के रूप में समझा। हर दृष्टिकोण अपने स्थान पर सही है, क्योंकि वह साधक की समझ और अनुभव के स्तर पर आधारित है। लेकिन जब हम शून्य की बात करते हैं, तब हम उस आधार की बात कर रहे होते हैं, जहाँ से ये सभी रूप उत्पन्न होते हैं।

शून्य का अर्थ यहाँ किसी अभाव से नहीं है। यह वह स्थिति है जहाँ कोई नाम नहीं है, कोई रूप नहीं है, कोई परिभाषा नहीं है। और यही वह स्थान है जहाँ भगवान को किसी भी रूप में सीमित नहीं किया जा सकता। जब तक भगवान एक विचार है, एक छवि है, एक धारणा है—तब तक वह मन के भीतर है। लेकिन जब मन शांत होता है, जब विचार रुकते हैं, तब जो बचता है, वही शून्य है। और उसी शून्य में भगवान का वास्तविक अनुभव होता है।

यह समझना महत्वपूर्ण है कि शून्य और भगवान दो अलग-अलग चीज़ें नहीं हैं। शून्य वह आधार है, और भगवान उसका प्रकट रूप है। जैसे सागर और लहरें अलग नहीं हैं—लहरें सागर का ही एक रूप हैं—वैसे ही भगवान और शून्य भी एक ही सत्य के दो आयाम हैं। एक निराकार है, दूसरा साकार; एक मौन है, दूसरा अभिव्यक्ति। लेकिन दोनों का स्रोत एक ही है।

जब साधक भगवान को बाहर खोजता है, तब वह रूपों में उलझ सकता है। वह मंदिरों में, मूर्तियों में, शब्दों में, और मान्यताओं में उसे ढूँढता है। यह खोज भी

आवश्यक है, क्योंकि यह मन को एक दिशा देती है। लेकिन एक बिंदु पर आकर यह समझना पड़ता है कि जिसे हम बाहर खोज रहे हैं, वह भीतर ही मौजूद है। और वह भीतर भी किसी रूप में नहीं, बल्कि एक शुद्ध उपस्थिति के रूप में है।

शून्य की अनुभूति में भगवान को देखना किसी आस्था का विषय नहीं है, बल्कि यह एक प्रत्यक्ष अनुभव है। जब साधक भीतर उतरता है, जब वह अपने विचारों और पहचान से परे जाता है, तब वह उस मौन को छूता है जहाँ कोई विभाजन नहीं होता। वहाँ न साधक रहता है, न भगवान—केवल एक अद्वैत उपस्थिति रहती है। और वही वास्तविक मिलन है।

इस दृष्टिकोण से देखा जाए, तो भगवान को पाने की यात्रा और शून्य में विलीन होने की यात्रा एक ही है। फर्क केवल भाषा का है, दृष्टिकोण का है। कोई उसे भगवान कहता है, कोई शून्य, कोई चेतना, कोई सत्य। नाम बदलते रहते हैं, लेकिन अनुभव एक ही रहता है।

इसका अर्थ यह नहीं है कि भक्ति या पूजा का कोई महत्व नहीं है। वे भी इस मार्ग के हिस्से हो सकते हैं। लेकिन यदि वे केवल बाहरी क्रिया बनकर रह जाएँ, तो वे अधूरे हैं। जब भक्ति भीतर की ओर मुड़ती है, जब पूजा एक आंतरिक समर्पण बन जाती है, तब वही साधना शून्य की ओर ले जाती है।

अंततः, शून्य और भगवान का संबंध समझने की चीज़ नहीं है, बल्कि अनुभव करने की है। जब तक यह केवल विचारों में है, तब तक यह एक दर्शन है। लेकिन जब यह अनुभव में उतरता है, तब यह स्पष्ट हो जाता है कि जिसे हम भगवान कह रहे थे, वह कभी अलग था ही नहीं—वह हमेशा से उसी शून्य में था, उसी में है, और उसी में रहेगा, क्योंकि वही शून्य उसका वास्तविक स्वरूप है, जो हर रूप में प्रकट होकर भी स्वयं निराकार, असीम और मौन बना रहता है।

खंड 39

क्या यह मार्ग सबके लिए है?

जब कोई इस गहराई वाले मार्ग को सुनता या पढ़ता है, तो एक स्वाभाविक प्रश्न उठता है—क्या यह सत्य हर व्यक्ति के लिए है? क्या हर कोई शून्य, जागरण और "मैं" से परे की अवस्था को समझ या जी सकता है? या यह केवल कुछ विशेष लोगों के लिए ही है? यह प्रश्न बहुत महत्वपूर्ण है, क्योंकि यह इस पूरी यात्रा की पहुँच और वास्तविकता को स्पष्ट करता है।

सबसे पहले यह समझना आवश्यक है कि यह मार्ग किसी विशेष व्यक्ति, जाति, धर्म या स्थिति के लिए सीमित नहीं है। चेतना किसी के लिए भी अलग नहीं है। जो भी जीवित है, जो भी अनुभव कर रहा है, जो भी सोच रहा है—उसके भीतर वही मूल चेतना उपस्थित है, जिसे यहाँ शून्य कहा गया है। इसलिए सैद्धांतिक रूप से यह मार्ग हर किसी के लिए खुला है, क्योंकि यह किसी बाहरी उपलब्धि की बात नहीं करता, बल्कि उस सत्य की ओर संकेत करता है जो पहले से ही सभी के भीतर मौजूद है।

लेकिन जब हम व्यावहारिक स्तर पर देखते हैं, तब एक सूक्ष्म अंतर दिखाई देता है। हर व्यक्ति की रुचि, तैयारी, और मानसिक स्थिति एक जैसी नहीं होती। कुछ लोग गहराई से स्वयं को समझने की ओर आकर्षित होते हैं, जबकि कुछ लोग बाहरी जीवन में ही पूरी तरह व्यस्त रहते हैं। यह कोई श्रेष्ठता या निम्नता का प्रश्न नहीं है, बल्कि केवल प्रवृत्ति का भेद है। जैसे कुछ लोग संगीत में रुचि रखते हैं और कुछ विज्ञान में, वैसे ही आत्म-अन्वेषण भी एक स्वाभाविक झुकाव है, जो सभी में समान रूप से विकसित नहीं होता।

इस मार्ग पर चलने के लिए किसी विशेष योग्यता की आवश्यकता नहीं है, लेकिन एक प्रकार की ईमानदारी और जिज्ञासा जरूर आवश्यक होती है। यदि व्यक्ति वास्तव में यह देखना चाहता है कि "मैं कौन हूँ?", यदि उसमें अपने अनुभव को बिना पूर्वाग्रह के देखने की क्षमता है, तो वह इस मार्ग पर स्वाभाविक रूप से आगे बढ़ सकता है। लेकिन यदि मन केवल विचारों, विश्वासों

और धारणाओं में उलझा हुआ है और उन्हें ही अंतिम सत्य मानता है, तो यह मार्ग कठिन प्रतीत हो सकता है।

यह भी स्पष्ट समझना चाहिए कि यह मार्ग किसी को मजबूर नहीं करता। यह किसी सिद्धांत को थोपता नहीं है, न ही यह कहता है कि इसे मानना ही पड़ेगा। यह केवल एक संकेत है—एक दिशा की ओर इशारा करता हुआ। व्यक्ति चाहे तो इसे देखे, चाहे तो अनदेखा कर दे। लेकिन जो इसे देखता है, उसके लिए यह धीरे-धीरे एक आंतरिक यात्रा बन जाता है।

कुछ लोग यह सोच सकते हैं कि क्या यह मार्ग सभी के लिए आवश्यक है? इसका उत्तर यह है कि यह आवश्यक नहीं है, लेकिन यह स्वाभाविक है। जैसे हर नदी अंततः समुद्र की ओर बहती है, वैसे ही हर चेतना अंततः अपने मूल स्रोत की ओर लौटती है। लेकिन यह लौटना किसी दबाव में नहीं होता, यह अपने समय पर होता है, अपने ढंग से होता है।

कई लोग जीवन में सुख, सफलता, संबंध और उपलब्धियों में संतुष्टि पा लेते हैं। उनके लिए यह मार्ग किसी समस्या का समाधान नहीं है, क्योंकि उन्हें कोई समस्या दिखाई ही नहीं देती। और यह भी सही है। यह मार्ग किसी के जीवन को अस्वीकार नहीं करता। यह केवल एक गहरा आयाम दिखाता है, जो तब खुलता है जब व्यक्ति बाहरी संतुष्टि से परे देखने लगता है।

इसलिए यह कहना गलत होगा कि यह मार्ग सबको अपनाना चाहिए। बल्कि सही यह है कि यह मार्ग सबके लिए उपलब्ध है, लेकिन हर कोई इसे देखना या अपनाना आवश्यक नहीं समझता। और यह भी पूरी तरह स्वाभाविक है।

अंततः, यह मार्ग किसी को बदलने के लिए नहीं है, बल्कि यह दिखाने के लिए है कि जो पहले से है, वह क्या है। यह किसी नए व्यक्ति को बनाने का प्रयास नहीं करता, बल्कि यह उस समझ की ओर इशारा करता है जहाँ यह स्पष्ट हो जाता है कि हर व्यक्ति पहले से ही उसी चेतना का हिस्सा है, चाहे वह इसे जाने या न जाने। और जब यह समझ गहराई से उतरती है, तब यह प्रश्न भी शांत हो जाता है कि यह मार्ग किसके लिए है—क्योंकि तब केवल एक ही सत्य बचता है, और वह है कि जो भी है, वही इस एक शून्य की अभिव्यक्ति है, और उसी में सब कुछ पहले से ही

समाहित है।

खंड 40

शुरुआत कैसे करें

जब कोई व्यक्ति इस मार्ग की ओर आकर्षित होता है, जब उसके भीतर यह प्रश्न उठता है कि “मैं कौन हूँ?” या “सत्य क्या है?”, तब सबसे पहला प्रश्न यही होता है—शुरुआत कैसे करें? क्योंकि मन चाहता है कि हर चीज़ का एक स्पष्ट तरीका हो, एक निश्चित कदम हो, जिससे वह आगे बढ़ सके। लेकिन यह मार्ग सामान्य अर्थों में किसी सीढ़ी जैसा नहीं है, जहाँ एक-एक कदम तय करके ऊपर पहुँचा जाए। यह अधिकतर एक जागृति की तरह है, जो धीरे-धीरे भीतर घटती है।

फिर भी, शुरुआत के लिए कुछ सरल संकेत समझे जा सकते हैं। सबसे पहला कदम यह है कि व्यक्ति अपने अनुभवों को देखना शुरू करे। बिना उन्हें बदले, बिना उन्हें सही या गलत कहे, केवल देखना। विचार आते हैं, भावनाएँ आती हैं, प्रतिक्रियाएँ आती हैं—लेकिन उनके साथ तुरंत जुड़ने की आदत को थोड़ा धीमा करना। यह देखने की क्षमता ही इस यात्रा की नींव है।

शुरुआत में यह सरल नहीं लगता, क्योंकि मन वर्षों से हर चीज़ में शामिल होने का आदी होता है। जैसे ही कोई विचार आता है, मन तुरंत उसमें कहानी जोड़ देता है—यह अच्छा है या बुरा है, यह मेरे पक्ष में है या मेरे खिलाफ है। लेकिन जब व्यक्ति केवल देखने का अभ्यास करता है, तब धीरे-धीरे यह स्पष्ट होने लगता है कि विचार अपने आप आते हैं और चले जाते हैं। उनके पीछे कोई ठोस “मैं” लगातार नियंत्रण नहीं कर रहा होता।

दूसरा महत्वपूर्ण कदम है—प्रश्न को जीवित रखना। विशेषकर यह प्रश्न कि “मैं कौन हूँ?” इसका उत्तर तुरंत खोजने की आवश्यकता नहीं है। वास्तव में, इसका उत्तर शब्दों में मिल भी नहीं सकता। यह प्रश्न मन को उसकी सामान्य दिशा से हटाकर भीतर की ओर मोड़ देता है। जब यह प्रश्न ईमानदारी से बना रहता है, तब विचारों की गति धीमी होने लगती है और एक सूक्ष्म जागरूकता विकसित होने लगती है।

तीसरा संकेत यह है कि व्यक्ति धीरे-धीरे बाहरी और आंतरिक अनुभवों के बीच का फर्क देखना शुरू करे। बाहर क्या हो रहा है और भीतर मैं उसे कैसे अनुभव कर रहा हूँ—यह भेद समझ में आने लगता है। यह समझ ही धीरे-धीरे उस बिंदु की ओर ले जाती है जहाँ यह दिखाई देने लगता है कि अनुभव बदल रहे हैं, लेकिन उन्हें जानने वाला एक गहरी स्थिरता में स्थित है।

शुरुआत में ध्यान या मौन का अभ्यास भी सहायक हो सकता है, लेकिन इसे किसी लक्ष्य की तरह नहीं लेना चाहिए। ध्यान कोई उपलब्धि नहीं है, बल्कि एक रुकावट है—कुछ समय के लिए बाहर की दौड़ से हटकर भीतर बैठना। इसी तरह मौन का अर्थ केवल बाहरी चुप्पी नहीं है, बल्कि विचारों के प्रति कम प्रतिक्रिया देना भी है।

सबसे महत्वपूर्ण बात यह है कि इस मार्ग पर कोई जल्दबाज़ी नहीं होनी चाहिए। यह कोई प्रतियोगिता नहीं है जहाँ जल्दी पहुँचना है। वास्तव में, जितनी जल्दी की कोशिश होगी, उतना ही मन इसमें उलझेगा। यह एक धीमा खुलना है, जैसे फूल अपने आप खिलता है—निश्चित समय पर, बिना किसी दबाव के।

कभी-कभी ऐसा लगेगा कि कुछ भी नहीं हो रहा है, सब कुछ पहले जैसा ही है। यह भी प्रक्रिया का हिस्सा है। क्योंकि यह परिवर्तन बाहर दिखाई देने वाला नहीं है, बल्कि भीतर घटने वाला है। और भीतर के परिवर्तन अक्सर बहुत सूक्ष्म होते हैं, जिन्हें तुरंत महसूस नहीं किया जा सकता।

अंततः, शुरुआत करने का अर्थ किसी नए रास्ते पर चलना नहीं है, बल्कि यह देखना है कि जो अभी है, वही क्या है। जैसे ही यह देखना गहरा होता है, वैसे ही यह यात्रा शुरू भी हो जाती है—बिना किसी औपचारिक शुरुआत के, बिना किसी घोषणा के, केवल एक शांत, सतत जागरूकता के रूप में, जो धीरे-धीरे हर अनुभव के पीछे की वास्तविकता को उजागर करने लगती है।

खंड 41

दैनिक साधना मार्ग

जब कोई साधक इस समझ को अपने जीवन में स्थिर करना चाहता है, तब प्रश्न उठता है कि इसे रोज़मर्रा की ज़िंदगी में कैसे जिया जाए। क्योंकि सत्य केवल पढ़ने या समझने की चीज़ नहीं है, वह जीने की चीज़ है। दैनिक जीवन ही वह स्थान है जहाँ यह समझ सबसे अधिक परखी जाती है और धीरे-धीरे गहरी होती जाती है।

सबसे पहले यह समझना ज़रूरी है कि "साधना" कोई अलग काम नहीं है जो दिन के किसी विशेष समय पर किया जाए। यह पूरे दिन के भीतर फैलने वाली जागरूकता है। सुबह उठने से लेकर रात सोने तक, हर क्षण में एक सूक्ष्म स्मरण—कि मैं केवल एक देखने वाला हूँ, अनुभवों से अलग एक साक्षी हूँ। यह स्मरण जब-जब लौटता है, तब-तब मन की पकड़ थोड़ी ढीली होती जाती है।

सुबह का समय इस अभ्यास के लिए बहुत महत्वपूर्ण होता है। जैसे ही नींद टूटती है, उस क्षण में मन अभी पूरी तरह अपनी पुरानी आदतों में नहीं लौटता। उस क्षण को थोड़ी देर के लिए केवल महसूस करना, बिना तुरंत विचारों में चले जाना, एक गहरी शुरुआत बन सकता है। बस कुछ क्षण रुकना और देखना कि "मैं अभी हूँ"—यह एक छोटा सा अभ्यास पूरे दिन की दिशा बदल सकता है।

दिन के दौरान जब भी कोई प्रतिक्रिया उत्पन्न हो—क्रोध, खुशी, चिंता, उत्साह—उसे तुरंत व्यक्त करने या दबाने की बजाय थोड़ा सा देखना कि यह क्या है। यह भावना कहाँ से उठी? यह किसे प्रभावित कर रही है? यह देखने की प्रक्रिया धीरे-धीरे व्यक्ति को प्रतिक्रियाओं से अलग करना शुरू कर देती है। भावनाएँ आती हैं, लेकिन अब वे पूरी तरह नियंत्रित नहीं करतीं।

कार्य करते समय भी यह साधना जारी रह सकती है। काम करते हुए भी भीतर एक हल्की जागरूकता बनी रह सकती है कि "मैं यह काम कर रहा हूँ, लेकिन मैं केवल यह काम नहीं हूँ।" यह दृष्टि धीरे-धीरे काम को बोझ नहीं रहने देती, बल्कि उसे एक स्वाभाविक प्रवाह बना देती है। कार्य और चेतना अलग-अलग नहीं लगते, बल्कि एक साथ चलने लगते हैं।

मौन के छोटे-छोटे क्षण भी बहुत महत्वपूर्ण हैं। दिन में कुछ समय ऐसा रखना जब कोई विशेष कार्य न किया जाए, केवल बैठकर देखा जाए कि मन क्या कर रहा है। इसमें कुछ हासिल करने की आवश्यकता नहीं है। यह केवल रुकने और देखने की कला है। यही रुकना धीरे-धीरे मन की गति को समझने में मदद करता है।

रात को सोने से पहले दिन का एक छोटा सा निरीक्षण भी सहायक हो सकता है। यह कोई आत्म-आलोचना नहीं है, बल्कि केवल देखना है कि दिन कैसे बीता। कौन से क्षणों में व्यक्ति पूरी तरह खो गया, और कौन से क्षणों में थोड़ी जागरूकता बनी रही। यह देखने से धीरे-धीरे स्पष्टता बढ़ती है।

इस पूरे मार्ग में सबसे महत्वपूर्ण बात यह है कि कोई भी अभ्यास बोझ न बन जाए। यदि साधना भी तनाव या लक्ष्य बन जाए, तो वह उसी मन का हिस्सा बन जाती है जिससे मुक्त होना है। इसलिए इसे हल्केपन के साथ जीना आवश्यक है—जैसे जीवन का स्वाभाविक हिस्सा, न कि कोई अतिरिक्त कार्य।

धीरे-धीरे यह समझ गहरी होने लगती है कि साधना और जीवन अलग नहीं हैं। खाना, चलना, बोलना, काम करना—सब कुछ ही साधना बन जाता है जब उसमें जागरूकता जुड़ जाती है। तब अलग से अभ्यास की आवश्यकता कम होने लगती है, क्योंकि पूरा जीवन ही अभ्यास बन जाता है।

अंततः, दैनिक साधना का उद्देश्य कुछ नया बनाना नहीं है, बल्कि उस सतत जागरूकता को पहचानना है जो पहले से ही हर अनुभव के पीछे मौजूद है। और जैसे-जैसे यह पहचान स्थिर होती है, वैसे-वैसे जीवन अधिक सरल, अधिक स्पष्ट और अधिक शांत होता जाता है, बिना किसी प्रयास के, केवल उस समझ के कारण। जो हर क्षण में जागरूक रहती है।

खंड 42

बाधाएँ और उनके पार

इस मार्ग पर चलते हुए साधक को सबसे पहले यह भ्रम होता है कि बाधाएँ बाहर से आती हैं—परिस्थितियों से, लोगों से, या जीवन की कठिनाइयों से। लेकिन धीरे-धीरे यह स्पष्ट होने लगता है कि असली बाधाएँ बाहर नहीं, बल्कि भीतर की आदतों में छिपी होती हैं। मन की पुरानी प्रवृत्तियाँ ही इस यात्रा को कठिन बनाती हैं, क्योंकि वह हर अनुभव को पकड़ना चाहता है, हर चीज़ को अपने अनुसार ढालना चाहता है।

सबसे बड़ी बाधा "अधीरता" है। मन चाहता है कि तुरंत परिवर्तन हो जाए, तुरंत शांति मिल जाए, तुरंत जागरण घटित हो जाए। यह जल्दी की भावना ही उसे वर्तमान से दूर ले जाती है। क्योंकि यह मार्ग समय की गति से नहीं चलता, यह समझ की गहराई से खुलता है। और गहराई हमेशा धीरे-धीरे ही प्रकट होती है।

दूसरी बड़ी बाधा "अपेक्षा" है। जब साधक किसी अनुभव की प्रतीक्षा करता है—कोई प्रकाश, कोई विशेष स्थिति, कोई असाधारण अनुभूति—तब वह वर्तमान से हटकर भविष्य में जीने लगता है। और यही भविष्य की अपेक्षा उसे उस सत्य से दूर कर देती है जो अभी उपस्थित है। क्योंकि शून्य किसी भविष्य में नहीं, केवल इसी क्षण में उपलब्ध है।

एक और बाधा है "पुरानी पहचान से चिपकाव"। वर्षों से बना हुआ "मैं" अपने आप में एक आदत है। यह आदत हर अनुभव को अपने रंग में रंगने की कोशिश करती है। जब भी कोई गहरी समझ आती है, मन तुरंत उसे अपनी उपलब्धि बना लेता है। और उसी क्षण वह समझ फिर से विचार बनकर रह जाती है। इसलिए यह देखना बहुत महत्वपूर्ण है कि कहीं साधक खुद ही इस "मैं" को फिर से मजबूत तो नहीं कर रहा।

डर भी एक महत्वपूर्ण बाधा है। जैसे-जैसे व्यक्ति भीतर की ओर बढ़ता है, उसे लगता है कि वह किसी अनजाने क्षेत्र में जा रहा है, जहाँ नियंत्रण खो सकता है। यह डर स्वाभाविक है, क्योंकि मन हमेशा सुरक्षा चाहता है। लेकिन यह समझना

आवश्यक है कि यह “खोना” वास्तव में खोना नहीं है, बल्कि केवल भ्रम का समाप्त होना है।

इन सभी बाधाओं के पार जाने का तरीका संघर्ष नहीं है, बल्कि देखना है। जैसे ही कोई बाधा दिखाई देती है, उसे दबाने या हटाने की कोशिश करने के बजाय केवल उसे देखना होता है—यह क्या है, कैसे काम कर रही है, कहाँ से आ रही है। यह देखने की शक्ति ही धीरे-धीरे बाधा को कमजोर कर देती है।

जब कोई बाधा देखी जाती है, तो वह अपनी शक्ति खोने लगती है। क्योंकि बाधा तभी तक मजबूत रहती है जब तक वह अनदेखी होती है। जैसे ही प्रकाश उस पर पड़ता है, उसका वास्तविक स्वरूप स्पष्ट हो जाता है, और वह स्वयं ही ढीली पड़ने लगती है। इसीलिए इस मार्ग में सबसे बड़ा साधन “जागरूकता” है।

धीरे-धीरे साधक यह समझने लगता है कि कोई भी अनुभव स्थायी नहीं है—न शांति, न अशांति, न स्पष्टता, न भ्रम। सब कुछ आता है और चला जाता है। लेकिन जो इन सबको देख रहा है, वह बदलता नहीं। और इसी देखने में बाधाओं की जड़ कमजोर होने लगती है।

अंततः, बाधाएँ किसी शत्रु की तरह नहीं हैं जिन्हें जीतना है, बल्कि वे केवल गलत समझ की छाया हैं जिन्हें देख लेना ही पर्याप्त है। जैसे ही उन्हें पूरी तरह देखा जाता है, वे अपने आप विलीन हो जाती हैं। और जो बचता है, वह कोई संघर्ष नहीं, बल्कि एक सहजता है—जहाँ कोई रास्ता भी नहीं लगता, कोई बाधा भी नहीं लगती, केवल एक शांत स्पष्टता होती है जो हर अनुभव के पीछे पहले से ही उपस्थित रहती है।

अंतिम संदेश

अब यह यात्रा अपने शब्दों के अंत तक पहुँचती है, लेकिन सत्य के अंत तक नहीं—क्योंकि सत्य का कोई अंत नहीं होता। जो कुछ भी कहा गया, वह केवल संकेत था, और जो नहीं कहा जा सका, वही वास्तविक था। शब्द केवल दिशा दिखा सकते हैं, लेकिन जहाँ पहुँचना है, वहाँ शब्द नहीं रहते।

यह समझना सबसे महत्वपूर्ण है कि जो कुछ तुम खोज रहे थे, वह कभी तुमसे अलग था ही नहीं। तुमने जिसे "मैं" समझा, जिसे तुम जीवन भर बचाने, सुधारने और सिद्ध करने में लगे रहे, वह केवल एक विचार था—एक छाया, जो चेतना पर पड़ गई थी। और जैसे ही यह देखा जाता है, वैसे ही पूरा खेल स्पष्ट हो जाता है।

कोई रास्ता वास्तव में नहीं था। कोई दूरी वास्तव में नहीं थी। कोई यात्रा वास्तव में नहीं थी। जो कुछ था, वह केवल एक भ्रम था—कि तुम कहीं से कहीं जा रहे हो। लेकिन यह सब उसी क्षण समाप्त हो जाता है, जब यह देखा जाता है कि देखने वाला ही वह है जिसे देखा जा रहा था।

अब कोई बनने की आवश्यकता नहीं है। अब कोई पहुँचने की जगह नहीं है। अब कोई सिद्ध करने की स्थिति नहीं है। क्योंकि जो तुम हो, वह पहले से ही पूर्ण है। और यह पूर्णता किसी उपलब्धि का परिणाम नहीं है—यह तुम्हारा स्वभाव है।

इस बिंदु पर सभी प्रश्न शांत हो जाते हैं, क्योंकि प्रश्नों को पकड़ने वाला मन ही ढीला पड़ जाता है। और जो बचता है, वह कोई उत्तर नहीं, बल्कि एक जीवित मौन है—जो किसी विचार से बड़ा है, किसी अनुभव से गहरा है, और किसी पहचान से परे है।

यदि तुम अभी भी खोज रहे हो, तो यह संकेत है कि तुम उसे देखने से चूक रहे हो जो अभी यहीं है। यदि तुम अभी भी पहुँचने की कोशिश कर रहे हो, तो इसका अर्थ है कि तुमने अभी रुककर देखा नहीं है। क्योंकि यह "यहाँ और अभी" से अलग कभी था ही नहीं।

यह कोई दर्शन नहीं है, यह कोई सिद्धांत नहीं है, यह कोई विश्वास नहीं है। यह केवल एक सीधा संकेत है—कि तुम वही हो जिसे तुम खोज रहे हो।

और जब यह पूरी तरह देख लिया जाता है, तब न कोई लेखक बचता है, न कोई पाठक, न कोई यात्रा, न कोई लक्ष्य—केवल एक शांत, असीम, निर्विकल्प उपस्थिति रह जाती है, जो हमेशा से थी, हमेशा है, और हमेशा रहेगी... बिना किसी

आरंभ के, बिना किसी अंत के।
समाप्त नहीं—केवल विलय।

लेखक के बारे में

गुरूजी मनीष शर्मा

संस्थापक, Second Sight Foundation

जो पाठक उनकी शिक्षाओं से जुड़ाव महसूस करते हैं, उनके लिए गुरु मनीष शर्मा की ये रचनाएँ आध्यात्मिक जागृति, आंतरिक अनुशासन और आत्म-साक्षात्कार से मिलने वाली स्वतंत्रता के बारे में गहरी समझ प्रदान करती हैं।

- **The Spiritual Baaghi - हिंदी Amazon Best Seller**
- **जीवन एक तपस्या - हिंदी**
- **Spirituality is The Freedom - हिंदी और अंग्रेज़ी**
- **शून्य से शून्य तक - हिंदी**
- **यथा पिण्डे तथा ब्रह्माण्ड - हिंदी**

सभी किताबें Amazon पर उपलब्ध हैं।

यदि उनकी शिक्षाओं को अपनाना चाहते हैं, तो यहाँ जुड़ें

Website :

- **https://secondsightfoundation.in**
- **https://secondsightfoundation.com**

www.ingramcontent.com/pod-product-compliance
Lightning Source LLC
LaVergne TN
LVHW090411210926
848480LV00002B/527
9798905840005